Michel Tournier est né en 1924, d'un père gascon et d'une mère bourguignonne, universitaires et germanistes. Il vit dans un vieux presbytère de la vallée de Chevreuse mais aime beaucoup voyager. Très tôt, il s'est orienté vers la photographie et a produit une émission de télévision « Chambre noire » consacrée aux photographes.

Il a publié son premier roman en 1967, *Vendredi ou les limbes du Pacifique* d'après lequel il a écrit par la suite *Vendredi ou la vie sauvage.*

Auteur de plusieurs romans, il est, depuis 1972, membre de l'Académie Goncourt.

D'origine espagnole, **Bruno Mallart** serait sûrement toréro si ce métier ne comportait pas tant de risques ! C'est pour cela qu'il s'est tourné vers l'illustration. Après de brillantes études aux Arts appliqués et à l'E.S.A.G. de Paris, il publie ses premiers dessins.

Cultivant une prédilection pour les techniques de la plume et du dessin au trait, c'est tout naturellement qu'il débute sa carrière avec Folio Junior : *Jean-Baptiste ou l'éducation vagabonde*, de Dorothée Letessier, est le premier roman qu'il a illustré dans cette collection. Viennent ensuite *Les Aigles Blancs de Serbie*, de Lawrence Durrell, *Les Peintures de sable*, de Victor Angel Lluch, pour lesquels il utilise une technique différente. Il a également participé à l'illustration du *Livre de la mythologie*, dans la collection Découverte Cadet.

Michel Tournier

Les contes du médianoche

Illustrations de Bruno Mallart

Gallimard

Le lapin et le renard

Ce n'est pas une fable de La Fontaine. C'est une histoire vraie, un peu triste aussi comme souvent la vérité...

J'avais un ami grand connaisseur de la nature et grand ami des bêtes. Il habitait cependant à Paris, un rez-de-chaussée, et cela a son importance dans cette histoire. Un jour, j'étais invité à déjeuner chez lui avec une amie, laquelle étrennait un superbe manteau de fourrure. Du renard. En arrivant, elle retira son manteau et le jeta sur le canapé de la pièce. Il faisait beau et la fenêtre était grande ouverte. Nous nous mîmes à table. Presque aussitôt, nous vîmes un lapin s'avancer par la porte de la cuisine. Un magnifique lapin gris fumé aux yeux verts.

– C'est Barnabé, expliqua notre hôte, mon lapin apprivoisé. Il vit ici comme un chat ou un chien. Il couche dans mon lit et mange avec moi. Vous allez voir.

En effet, après nous avoir un moment détaillés de ses gros yeux myopes, Barnabé se dirigea vers notre ami, et sans façon se jucha d'un bond sur ses genoux. Puis il posa ses pattes de devant sur la nappe et commença à flairer ce qui se trouvait dans l'assiette.

– Tous les animaux sont carnivores, dit notre ami. Même les lapins. Barnabé adore le jambon et le steak haché.

– Et le lapin ? demanda mon amie, toujours un peu perfide.

– C'est moi qui n'en mange jamais, répondit notre hôte avec un air offusqué. On ne peut pas à la fois aimer le lapin et aimer les lapins.

Cependant Barnabé se gavait de bœuf bourguignon aux carottes.

La conversation roulait sur les animaux dits domestiques et sur les résurgences d'instincts et de réactions souvent brutales chez les animaux les plus habituellement calmes.

– En vérité, dit notre hôte, il n'y a pas d'animaux vraiment domestiques. Tout au plus sont-ils parfois plus ou moins apprivoisés. Les ratons laveurs sont censés laver par souci d'hygiène tout ce qu'ils mangent. C'est une interprétation fantaisiste d'un geste ancestral. En réalité, ils sont si pêcheurs de nature qu'ils ne peuvent manger que ce qu'ils sortent de l'eau. La nourriture qu'on leur donne en captivité, ils la plongent dans un baquet d'eau pour rappeler le geste prédateur de leurs ancêtres. Il y a aussi le chat qui gratte le sol autour de son assiette lorsqu'elle contient encore de la nourriture. Il mime ainsi la précaution que prennent les félins sauvages d'enterrer les restes de proies qu'ils veulent pouvoir retrouver plus tard.

Barnabé avait, lui, achevé son déjeuner. Il nous regardait en hochant ses grandes oreilles.

– Il va aller maintenant faire sa sieste sur le canapé, expliqua notre ami.

C'est alors qu'eut lieu un drame aussi rapide qu'inattendu et qui illustrait doublement cette survivance d'un fond sauvage chez les animaux les plus domestiqués.

Barnabé quitta d'un vaste bond les genoux de son maître et atterrit comme annoncé sur le canapé. Malheureusement, c'est plus précisément sur le manteau de renard de mon amie qu'il atterrit. Était-ce le contact de cette fourrure ou son odeur ? On aurait dit qu'un ressort le projetait en l'air à peine avait-il touché le manteau. Ce second saut l'amena sur le rebord de la fenêtre ouverte, et nous le vîmes basculer dehors. Comme je l'ai précisé, c'était un rez-de-chaussée, et l'incident aurait pu n'avoir pas de suite. Mais décidément il y avait un mauvais sort contre Barnabé. Il venait de disparaître quand on entendit un cri de femme et un furieux aboiement. Nous nous sommes précipités tous les trois à la fenêtre pour voir... Pour voir une pauvre vieille dame qui venait de perdre son chien. Et très loin déjà dans la rue, un teckel lancé de toute la force de ses courtes pattes à la poursuite de Barnabé qui filait comme un trait.

Le déjeuner fut cruellement interrompu par une recherche fiévreuse dans tout le quartier. Le chien fut retrouvé, et il était clair à son air dépité qu'il était bredouille. Mais notre ami ne revit plus jamais son Barnabé.

L'auto fantôme

Au retour de Gascogne, je m'étais engagé sur l'autoroute *A10* dès Orléans. J'avise bientôt une aire de stationnement avec restaurant et station-service. Le restaurant se trouvait à l'intérieur d'un pont couvert qui enjambait l'autoroute. J'arrive donc au pied de ce pont et je trouve une place pour ma voiture aux abords d'une pimpante baraque jaune dans laquelle une jeune femme également vêtue et coiffée de jaune faisait griller et servait dans des assiettes de carton des merguez à l'odeur agressive.

Je sors de ma voiture et j'ai un instant d'hésitation. Merguez or not merguez ? Finalement l'odeur me rebute et je m'engage dans l'escalier du pont. J'y trouve restaurant libre-service, journaux, toilettes, tout pour être heureux. Je mange, bois, furète un bon moment. Puis je reprends l'escalier pour repartir.

La baraque jaune est toujours là, ainsi que la serveuse, tout de même jaune et ses merguez... mais de voiture point. Disparue, envolée, ma belle auto-

mobile ! J'ai un choc, puis un doute. L'avais-je bien
placée là ? Et me voilà parti au gré des files de voi-
tures parquées à la recherche de la mienne. Rien.
C'est une catastrophe. J'y avais laissé mes bagages,
mes papiers, tout, tout, tout... Que faire ? Je reviens
à la baraque jaune en secouant le hochet inutile de
mes clefs, avec sur la figure toute la contrariété de
la condition humaine. La jeune femme aux merguez m'apostrophe :

— Vous cherchez votre voiture ?

— Oui. Vous l'avez vue quand on l'a volée ?

— Non, mais je sais où elle est.

— Vous savez où elle est ?

— Oui. De l'autre côté de l'autoroute. Vous venez
de province et vous allez sur Paris ?

— Oui.

— Vous êtes du côté Paris-Province. Reprenez
l'escalier.

Je la remercie comme si elle me rendait la vie, et
je m'élance sur le pont. De l'autre côté, au pied de
l'escalier, je retrouve une baraque jaune où une
jeune femme vêtue et coiffée de jaune fait frire des
merguez. Mais ma voiture est là, fidèle et assoupie.

Vous vous regardez dans un miroir. Vous êtes tranquille, tout est en ordre, votre cravate, votre raie, votre sourire. Mais soudain, il s'efface, ce sourire. Car vous venez de remarquer un détail bizarre, anormal, inquiétant, monstrueux : le bracelet-montre que vous portez au poignet gauche, oui, il est bien là, la montre marche. Seulement *pas* dans le miroir. L'homme qui s'y reflète, c'est bien vous indiscutablement, mais *il n'a pas* de bracelet-montre.

Je songe également à une légende. Les vampires sont des gens comme vous et moi. Seulement si vous vous placez avec l'un d'eux en face d'un miroir, vous vous y verrez. Le vampire, lui, ne s'y reflétera pas.

Ma voiture est une voiture-vampire. De l'autre côté du miroir, il y a bien l'escalier, la baraque à merguez et la jeune femme vêtue et coiffée de jaune, comme dans la réalité. Mais de voiture, point...

Ecrire debout

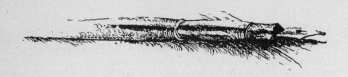

Le visiteur pénitentiaire du centre de Cléricourt m'avait prévenu :

— Ils ont tous fait de grosses bêtises : terrorisme, prises d'otages, hold-up. Mais en dehors de leurs heures d'atelier de menuiserie, ils ont lu certains de vos livres, et ils voudraient en parler avec vous.

J'avais donc rassemblé mon courage et pris la route pour cette descente en enfer. Ce n'était pas la première fois que j'allais en prison. Comme écrivain, s'entend, et pour m'entretenir avec ces lecteurs particulièrement attentifs, des jeunes détenus. J'avais gardé de ces visites un arrière-goût d'une âpreté insupportable. Je me souvenais notamment d'une splendide journée de juin. Après deux heures d'entretien avec des êtres humains semblables à moi, j'avais repris ma voiture en me disant : « Et maintenant on les reconduit dans leur cellule, et toi tu vas dîner dans ton jardin avec une amie. Pourquoi ? »

On me confisqua mes papiers, et j'eus droit en échange à un gros jeton numéroté. On promena un détecteur de métaux sur mes vêtements. Puis des portes commandées électriquement s'ouvrirent et se refermèrent derrière moi. Je franchis des sas. J'enfilai des couloirs qui sentaient l'encaustique. Je montai des escaliers aux cages tendues de filets « pour prévenir les tentatives de suicide » m'expliqua le gardien.

Ils étaient réunis dans la chapelle, certains très jeunes en effet. Oui, ils avaient lu certains de mes livres. Ils m'avaient entendu à la radio.

– Nous travaillons le bois, me dit l'un d'eux et nous voudrions savoir comment se fait un livre.

J'évoquai mes recherches préalables, mes voyages, puis les longs mois d'artisanat solitaire à ma table (manuscrit = écrit à la main). Un livre, cela se fait comme un meuble, par ajustement patient de pièces et de morceaux. Il y faut du temps et du soin.

– Oui, mais une table, une chaise, on sait à quoi ça sert. Un écrivain c'est utile ?

Il fallait bien que la question fût posée. Je leur dis que la société est menacée de mort par les forces d'ordre et d'organisation qui pèsent sur elle. Tout pouvoir – politique, policier ou administratif – est conservateur. Si rien ne l'équilibre, il engendrera une société bloquée, semblable à une ruche, à une fourmilière, à une termitière. Il n'y aura plus rien d'humain, c'est-à-dire d'imprévu, de créatif parmi les hommes. L'écrivain a pour fonction naturelle d'allumer par ses livres des foyers de réflexion, de contestation, de remise en cause de l'ordre établi. Inlassablement il lance des appels à la révolte, des rappels au désordre, parce qu'il n'y a rien d'humain sans création, mais toute création dérange. C'est pourquoi il est si souvent poursuivi et persécuté. Et je citai François Villon, plus souvent en prison qu'en relaxe, Germaine de Staël, défiant le pouvoir napoléonien et se refusant à écrire l'unique phrase de soumission qui lui aurait valu la faveur du tyran, Victor Hugo, exilé vingt ans sur son îlot. Et Jules Vallès, et Soljenitsyne et bien d'autres.

– Il faut écrire debout, jamais à genoux. La vie est un travail qu'il faut toujours faire debout, dis-je enfin.

L'un d'eux désigna d'un coup de menton le mince ruban rouge de ma boutonnière.

– Et ça ? C'est pas de la soumission ?

La Légion d'honneur ? Elle récompense, selon moi, un citoyen tranquille, qui paie ses impôts et n'incommode pas ses voisins. Mais mes livres, eux, échappent à toute récompense, comme à toute loi. Et je leur citai le mot d'Erik Satie. Ce musicien obscur et pauvre détestait le glorieux Maurice Ravel qu'il accusait de lui avoir volé sa place au soleil. Un jour Satie apprend avec stupeur qu'on a offert la croix de la Légion d'honneur à Ravel, lequel l'a refusée. « Il refuse la Légion d'honneur, dit-il, mais toute son œuvre l'accepte. » Ce qui était très injuste. Je crois cependant qu'un artiste peut accepter pour sa part tous les honneurs, à condition que son œuvre, elle, les refuse.

On se sépara. Ils me promirent de m'écrire. Je n'en croyais rien. Je me trompais. Ils firent mieux. Trois mois plus tard, une camionnette du pénitentiaire de Cléricourt s'arrêtait devant ma maison. On ouvrit les portes arrière et on en sortit un lourd pupitre de chêne massif, l'un de ces hauts meubles sur lesquels écrivaient jadis les clercs de notaires, mais aussi Balzac, Victor Hugo, Alexandre Dumas. Il sortait tout frais de l'atelier et sentait bon encore les copeaux et la cire. Un bref message l'accompagnait : « Pour écrire debout. De la part des détenus de Cléricourt. »

La légende du pain

Il était une fois, tout au bout de la France, là où finit la terre, là où commence l'Océan, c'est-à-dire exactement dans le Finistère, deux petits villages qui vivaient en état de perpétuelle rivalité. L'un s'appelait Plouhinec, l'autre Pouldreuzic. Leurs habitants ne manquaient pas une occasion de s'affronter.

Les gens de Plouhinec, par exemple, jouaient du biniou comme nulle part ailleurs en pays breton. C'était une raison suffisante pour que ceux de Pouldreuzic ignorent ostensiblement cet instrument et jouent avec prédilection de la bombarde, une sorte de flageolet qui s'apparente aussi au hautbois et à la clarinette. Et il en allait de même dans tous les domaines, les uns cultivant l'artichaut, les autres la pomme de terre, ceux-ci gavant des oies quand ceux-là engraissaient des cochons, les femmes d'un village portant des coiffes simples comme des tuyaux de cheminée, celles de l'autre village ouvrageant les leurs comme des petits édifices de dentelle. Il n'était pas jusqu'au cidre dont Plouhinec s'abstenait, parce que celui de Pouldreuzic était fameux. Vous me direz, mais alors, qu'est-ce qu'on buvait à Plouhinec ? Eh bien, on y buvait une boisson originale faite non avec des pommes, mais avec des poires, et appelée pour cela du poiré.

Bien entendu, on ne mangeait pas le même pain à Plouhinec et à Pouldreuzic. Plouhinec s'était fait une spécialité d'un pain dur, tout en croûte, dont les marins se munissaient quand ils partaient en croisière, parce qu'il se conservait indéfiniment. A ce biscuit de Plouhinec, les boulangers de Pouldreuzic opposaient un pain tout en mie, doux et fondant à la bouche, qu'il fallait manger, pour l'apprécier chaud, du four, et qu'on appelait de la brioche.

Les choses se compliquèrent le jour où le fils du boulanger de Pouldreuzic tomba amoureux de la fille du boulanger de Plouhinec. Les familles consternées s'acharnèrent à détourner les deux jeunes gens d'une union contre-nature, grosse de difficultés de toutes sortes. Rien n'y fit : Gaël voulait Guénaële, Guénaële voulait Gaël.

Par chance, Plouhinec et Pouldreuzic ne sont pas immédiatement voisins. Si vous consultez la carte du Finistère, vous verrez qu'il existe un village situé à mi-chemin des deux : c'est Plozévet. Or Plozévet n'ayant pas de boulangerie en ce temps-là, les parents de Gaël et de Guénaële décidèrent d'y établir leurs enfants. Ce serait également à Plozévet qu'on les marierait. Ainsi ni Pouldreuzic, ni Plouhinec ne se sentirait humilié. Quant au banquet de noces, on y mangerait des artichauts et des pommes de terre, des oies et du cochon, le tout arrosé également de cidre et de poiré.

La question du pain qui se trouverait sur la table

n'était pas aussi facile à résoudre. Les parents pensèrent d'abord y distribuer à part égale biscuits et brioches. Mais les enfants objectèrent qu'il s'agissait d'un mariage, et d'un mariage de boulangers, et que, par conséquent, il fallait trouver le moyen de marier eux aussi biscuits et brioches. Bref la nouvelle boulangerie se devait de créer un pain nouveau, le pain de Plozévet, également apparenté au pain-croûte de Plouhinec et au pain-mie de Pouldreuzic. Mais comment faire ? Comment faire du pain ayant à la fois de la croûte et de la mie ?

Deux solutions paraissaient possibles. Gaël fit observer à Guénaële qu'on pouvait prendre modèle sur les crabes et les langoustes. Chez ces animaux, le dur est à l'extérieur, le mou à l'intérieur. Guénaële lui opposa l'exemple des lapins, des chats, des poissons et des enfants : là, le mou – chair – est à l'extérieur, le dur – os ou arête – à l'intérieur. Elle se souvenait même de deux mots savants qui désignent cette différence : les langoustes sont des crustacés, les lapins des vertébrés.

Il y avait donc le choix entre deux sortes de pains durs-mous : le pain crustacé dont la croûte forme comme une carapace qui enveloppe la mie et le pain vertébré dont la croûte se trouve cachée au plus épais de la mie.

Ils se mirent au travail, chacun suivant son idée. Il apparut aussitôt que le pain crustacé se cuit beaucoup plus facilement que le pain vertébré. En effet, une boule de pâte mise au four : sa surface sèche, dore et durcit. A l'intérieur, la pâte reste blanche et molle. Mais comment faire du pain vertébré ? Comment obtenir une croûte dure à l'intérieur de la mie ?

Gaël triomphait avec son pain crustacé, mais les échecs de sa fiancée lui faisaient de la peine. Pourtant elle ne manquait pas de ressource, la petite boulangère Guénaële ! Elle avait compris que c'était la chaleur de la cuisson qui fait naître la croûte. Donc le pain vertébré devait être cuit de l'intérieur – et non de l'extérieur –, comme c'est le cas dans un four. Elle avait ainsi eu l'idée d'enfoncer dans la pâte une tige de fer brûlante, comme une sorte de tisonnier. Ah, il fallait la voir manier son tisonnier comme une arme fumante ! Elle serrait les dents et faisait saillir son menton en embrochant les miches avec son épée de feu. Gaël qui l'observait en avait froid dans le dos, car il se demandait ce que sa fiancée pouvait bien avoir dans la tête et le cœur pour imaginer cet étrange combat et s'y jeter avec tant d'ardeur. Et puis serait-ce toujours des miches qu'elle transpercerait ainsi avec un fer rouge ?

Qu'importait d'ailleurs ? Elle n'arrivait à rien de bon, et seul le pain crustacé se trouva au point quand arriva la date du mariage, et c'est ce jour-là à Plozévet que fut goûté officiellement pour la première fois le pain que nous connaissons, composé d'une croûte dorée entourant la masse douce et moelleuse de la mie.

Est-ce à dire que le pain vertébré fut définitivement oublié ? Pas du tout. Il devait au contraire connaître dans les années qui suivirent une revanche éclatante, pleine de tendresse et de poésie. Gaël et Guénaële eurent un petit garçon qu'ils appelèrent Anicet avec l'espoir que ce prénom parfumé l'aiderait à se faire une place dans leur corporation. Ils ne furent pas déçus, car c'est lui qui – à l'âge de cinq ans – suggéra à sa mère l'idée qui devait imposer le pain vertébré. Il lui suffit pour cela de manger à quatre heures une brioche avec un morceau de chocolat. Sa mère qui l'observait tenant d'une main sa brioche, de l'autre son morceau de chocolat, se frappa le front et se précipita dans le fournil de la boulangerie. Elle venait de songer que l'os, la vertèbre, le dur du pain vertébré pouvait être constitué par une barre de chocolat.

Le soir même, la boulangerie de Plozévet mettait en vitrine les premiers petits pains au chocolat de l'histoire. Ils devaient bientôt conquérir le monde et faire la joie de tous les enfants.

La légende des échecs

Il était une fois un roi de Chine qui s'ennuyait. Il fit alors promulguer un édit invitant tous ses sujets à lui proposer des jeux et des divertissements nouveaux. Comme récompense, il promettait d'exaucer le vœu – quel qu'il soit – de l'auteur de l'invention qui parviendrait à l'égayer.

Une foule immense se pressa au palais, et c'est à cette occasion que furent lancés la marelle, les dominos, le croquet, la belote, le bilboquet, pigeon vole, chat perché et cent autres jeux plus attrayants les uns que les autres. Mais le roi ne se déridait pas et renvoyait d'un geste las les concurrents de ce plaisant concours.

Un jour cependant un homme se présenta avec une boîte et une planchette. Celle-ci était un échiquier de soixante-quatre cases. De la boîte il sortit deux rois, deux dames, quatre tours, quatre cavaliers, quatre fous et seize pions. La moitié de ces pièces était noire, l'autre moitié blanche. C'est le roi des jeux et le jeu des rois affirma-t-il, et il initia son souverain aux échecs. Le roi fut d'emblée enthousiasmé, et il ordonna à toute la cour de se mettre à ce jeu nouveau. Puis il dit à son inventeur :

– Toi seul es parvenu à me divertir. Et ce faisant tu as immensément contribué à enrichir le patrimoine ludique de l'humanité tout entière. Je tiendrai ma promesse. Quel est ton vœu ? Quel qu'il soit, je l'exaucerai. Veux-tu le gouvernement d'une province, la main de la princesse ma fille, ou plus simplement ton propre poids en or ou en pierres précieuses ?

– Seigneur, répondit l'homme, ce jeu n'a pas de prix et je ne songeais pas en vous l'offrant à en tirer quelque profit. Mais je ne voudrais pas paraître mépriser la règle de ce concours, et puisque vous insistez, sachez donc que je ne souhaite qu'une certaine quantité de riz.

– Du riz ? s'écria le roi. Voilà une bien modeste exigence ! Et quelle quantité de riz veux-tu comme récompense ?

– Très précisément celle qu'indiquent les cases de l'échiquier. Un grain de riz sur la première case, deux grains sur la deuxième, quatre sur la troisième, huit sur la quatrième, et ainsi de suite en doublant chaque fois jusqu'à la soixante-quatrième case.

– J'admire ta modération, lui dit le roi. Je vais immédiatement ordonner à mon comptable qu'il calcule le nombre de grains qui te reviennent, et tu pourras dès aujourd'hui rentrer chez toi avec ton sac de riz.

Or donc le comptable se mit au travail. Mais les minutes et les heures passaient sans qu'il parvînt au bout de son calcul. Enfin huit jours plus tard, il fut en mesure de communiquer au roi le résultat de ses additions et de ses multiplications : c'était un nombre dont les chiffres allaient d'un mur à l'autre de la salle du trône et qui correspondait à la récolte de riz de la Chine tout entière pendant un siècle.

P.S. Un ami mathématicien m'apprend que ce nombre est tout simplement : 18 446 000 000 000 000 000 soit $2^{64} - 1$.

L'âne et le bûcheron

Il était une fois un pauvre bûcheron qui travaillait durement tout le jour à ramasser du bois et à le vendre en ville. Le soir, il se faisait battre par sa femme quand il lui rapportait son trop maigre bénéfice. Un matin, il découvrit dans la forêt le cadavre d'un âne. Or les sabots de cet âne étaient ferrés et ses quatre fers étaient en or. Notre bûcheron les détacha et s'en fut les vendre à la ville. Ce coup du sort fit de lui un autre homme. Il riait de joie le soir en étalant sur la table les écus qu'il en avait tirés. Surtout l'ébahissement de sa mégère faisait plaisir à voir. Il en profita pour lui administrer une raclée qui le paya de tous les mauvais traitements qu'il en avait endurés. Le lendemain, il partit en chantant. Le soir, sa femme l'attendit en vain. Le lendemain et les jours suivants, tout de même.

Des années plus tard, un colporteur s'arrêta chez la femme. Ils parlèrent.

– J'ai rencontré jadis, très loin d'ici, lui dit-il, un mendiant qui portait ton nom. Ce devait être une simple coïncidence. Il était un peu fou. Il passait son temps à courir les bois en demandant à tout venant : « Vous n'avez pas vu un âne mort ? »

Le lièvre et ses oreilles

Un jour le lion fut blessé d'un coup de corne. Comme il était le roi, il condamna aussitôt à l'exil tous les animaux porteurs de cornes.

Un grillon, perché sur une borne-frontière du royaume, regardait passer le triste cortège des proscrits. Il y avait là chèvres, vaches, béliers, daims, cerfs, rhinocéros et même une licorne. Mais le grillon eut la surprise d'apercevoir un lièvre mêlé à cette foule.

– Oh, lièvre ! lui dit-il. Pourquoi pars-tu ? Tu n'as pas de cornes que je sache ?

– Non, répondit le lièvre, je n'ai pas de cornes, mais j'ai des oreilles.

– Sans doute, mais des oreilles ne sont pas des cornes.

– Bien sûr, dit le lièvre, mais comment le prouver ?

Un bébé sur la paille

On voit d'abord un drapeau tricolore que caresse le vent nocturne et qu'incendie un projecteur. Puis le cadre s'élargissant, la façade du palais de l'Élysée apparaît, fortement sculptée par l'éclairage électrique. Une seule fenêtre est allumée. Zoom avant sur la fenêtre. Un fondu enchaîné donne l'illusion qu'on pénètre à l'intérieur. Le président de la République sourit, assis dans un fauteuil près d'une cheminée où dansent les flammes.

– Français, Françaises, dit-il, les écoliers et les lycéens sont en vacances depuis ce matin. Les fêtes de fin d'année ont enluminé les rues de nos villes et de nos villages. Dans quelques jours, ce sera Noël, puis une semaine après, la Saint-Sylvestre. Il est d'usage qu'à cette occasion le président de la République présente ses vœux à ses compatriotes. Je n'y manquerai pas. Mais justement, mes vœux vont revêtir cette année un caractère tout à fait exceptionnel. C'est que je voudrais vous entretenir d'un grave et grand sujet, et vous faire une proposition

révolutionnaire. Révolutionnaire, oui, aussi étrange que cela puisse paraître de la part d'un président de la République, et de surcroît à la veille de Noël. Voici ce dont il s'agit.

Quand on parle des grands fléaux dont souffre notre société, on cite la drogue, la violence, le tabac, l'alcool et les accidents de la route. Les chiffres qu'on donne sont effrayants, et nous devons certes lutter avec acharnement pour qu'ils diminuent. Mais enfin ces fléaux ne concernent, Dieu merci, qu'une minorité d'entre nous. Or il existe un autre fléau, plus insidieux, plus sournois, qui risque de conduire la population tout entière à la plus hideuse des dégénérescences. On pourrait l'appeler médicomanie, clinicomanie, pharmacomanie, que sais-je encore ? Mais peu importe le nom. Ce sont les chiffres qui comptent, et ces chiffres dépassent infiniment ceux des victimes des autres fléaux. On peut mesurer le mal selon divers critères. Je dirai simplement ceci : chaque année, nos dépenses de maladies augmentent plus vite, beaucoup plus vite que les ressources du pays. Où allons-nous ? Eh bien, c'est simple et c'est épouvantable ! Un calcul élémentaire nous permet par extrapolation de fixer avec précision l'année, le mois, le jour où la totalité des ressources de la nation seront absorbées par les soins médicaux. L'aspect qu'aura alors notre vie est à peine imaginable. Qu'il me suffise de dire que nous ne nous nourrirons plus alors que de médicaments. Nous ne nous déplacerons plus qu'en ambulance. Nous ne nous habillerons plus qu'avec des pansements. Tableau grotesque et infernal.

Que faire pour ne pas en arriver là ? Je me suis adressé aux plus hautes sommités de la médecine. J'ai supplié les académies de se pencher sur le problème et de me proposer un remède. Rien. Il faudrait attaquer le mal à la racine. Mais où se trouve cette racine ? Qu'est-ce qui fait donc de chacun de nous un malade, au moins virtuel, qui soigne éternellement un mal réel ou imaginaire ?

Alors j'ai eu recours à une ultime ressource. Je me suis souvenu du village de mon enfance, du médecin qui nous soignait, mes frères, mes sœurs et moi-même. Et quand je dis qu'il nous soignait... Il intervenait le moins possible, sachant bien que c'est la nature qui nous guérit, et qu'il faut se garder de gêner son action. Oui, ce médecin était un sage, voilà tout, et c'est plus au sage qu'au médecin que je me suis adressé. Je lui ai envoyé le volumineux dossier établi par les services du ministère de la Santé sur la question. L'a-t-il seulement étudié, ce dossier ? On peut en douter à en juger par la rapidité et surtout par la teneur de sa réponse.

Sa réponse, la voici. Une lettre de trois feuillets, écrite à la main avec une plume sergent-major et à l'encre violette. Dans cette lettre, mon vieux médecin de campagne me dit... Oh, et puis le mieux est sans doute que je vous en donne lecture. Voici donc :

– Monsieur le Président de la République,

Je suis fier et heureux que vous vous souveniez du modeste praticien qui vous a mis au monde et qui a veillé sur vos premières années. A vrai dire, j'y ai fort peu de mérite, car vous êtes venu et vous avez poussé tout seul. Et voici maintenant que vous vous tournez vers moi – qui n'exerce plus depuis si longtemps – avec une question d'ampleur nationale et qui laisse pantoises, me dites-vous, les sommités de la faculté de médecine. Mais peut-être ces savants sont-ils, par cela même qu'ils détiennent les leviers de commande de la cité médicale, particulièrement mal placés pour remédier à l'augmentation à tout va des frais médicaux ? Sérieusement, Monsieur le Président, si vous cherchiez la voie d'une diminution des frais d'armement, iriez-vous la demander à notre haut état-major ? Si je me hasarde à vous répondre, c'est sans doute parce que je ne suis plus médecin depuis longtemps après l'avoir été fort peu durant toute ma carrière.

La question que vous me posez, Monsieur le Président, me fait songer à un chat que j'ai eu jadis, ou plutôt il s'agissait d'une chatte. Or donc cette chatte ayant des petits à naître avait eu la fantaisie de les faire dans un taillis qui s'étend à perte de vue de l'autre côté du mur de mon jardin. La retrouvant un jour, le ventre plat et l'œil pétillant de sous-entendus, j'avais vite compris où la menaient les escapades que je la voyais quotidiennement entreprendre dans le terrain voisin. Je me gardai toutefois d'intervenir. Les semaines et les mois passèrent. Un matin, je vois, par la fenêtre, ma chatte qui jouait dans une allée du jardin avec quatre chatons farceurs. C'était sans doute la première fois qu'ils sautaient le mur après une enfance passée dans le taillis voisin. J'ouvre la porte sans précaution, et je m'avance vers la petite famille. La chatte me fait fête, mais un coup de panique disperse les chatons dans toutes les directions. Évidemment. Comment n'y avais-je pas pensé ? Ces petits chats nés loin des hommes étaient des bêtes sauvages. A moins de les apprivoiser patiemment, ils ne supportaient pas la présence de l'homme.

Les apprivoiser ! J'ai tout fait pour cela. Je les affriandais avec des assiettes de pâtée disposées dans le jardin, de plus en plus près de la maison. Un jour, j'ai réussi par ce moyen à en attirer un jusque dans ma cuisine. Et j'ai refermé la porte. Le résultat a été catastrophique. Il s'est mis à crier comme si on l'écorchait. En même temps, il bondissait sur les meubles, jetant par terre la vaisselle et les vases. Finalement il s'est précipité sur la vitre de la fenêtre, comme un oiseau fou, et il est tombé à demi assommé. J'en ai profité pour m'en saisir et lui rendre la liberté.

Je suis quelque peu confus, Monsieur le Président, de vous entretenir d'anecdotes d'apparence aussi futile. Mais des petites histoires comme celle-ci sont proches de la vie. Elles sont la vie même. Ce qui se passe au fil des heures dans un jardin est tout aussi instructif que ce qu'on observe dans l'éprouvette ou dans la cornue d'un laboratoire, et si vous vous êtes adressé à moi, c'est sans doute pour connaître le point de vue d'un homme de terrain après avoir interrogé la recherche *in vitro*.

Les semaines qui suivirent confirmèrent l'impression que m'avait laissée cette expérience désastreuse : nés dans la nature, ces chats n'étaient pas récupérables. La sauvagerie les avait marqués à tout jamais. J'eus l'occasion d'en parler avec un voisin qui élève des bestiaux. Il me fit cette révélation surprenante : un veau ou un poulain né dans les champs aura toute sa vie un caractère plus difficile que celui qui a vu le jour – si l'on peut dire – dans la pénombre d'une écurie. Tous les éleveurs savent cela, et se gardent de laisser leurs femelles mettre bas en plein air.

Comme vous le voyez, peu à peu nous nous rapprochons de notre sujet. Car ce qui est vrai pour le caractère des bêtes l'est plus encore pour l'âme des humains. Oui, la première impression – bruits, lumières, odeurs – qui frappe un enfant sortant du ventre de sa mère le marque pour toujours. C'est comme une courbure impossible à redresser qui tordrait son caractère. Sans être le moins du monde historien, j'ai fait quelques sondages pour connaître l'environnement natal de quelques hommes qui firent parler d'eux. On sait que Napoléon est né au son des grandes orgues et dans les vapeurs d'encens de la grand-messe du 15 août de la cathédrale d'Ajaccio. On sait moins qu'il y eut une secousse sismique à Gori, lors de la naissance de Staline. Un terrible coup de gelée détruisit toutes les fleurs des arbres fruitiers de la région de Braunau la nuit du 19 avril 1889 qui vit naître Adolf Hitler. Les anciens croyaient que la naissance d'un futur grand homme était marquée par des prodiges. Il faudrait sans doute inverser l'ordre causal, et dire qu'un prodige survenant lors de la naissance d'un enfant peut faire de lui un homme exceptionnel.

Or quelle est la révolution considérable et quasi universelle qui caractérise l'obstétrique depuis cinquante ans ? Jadis les enfants naissaient dans la maison de leurs parents. Vous-même, Monsieur le Président, je me souviens de la chambre de votre maman où vous avez poussé votre premier cri. Et l'on fabriquait ainsi, sans s'en rendre compte, des bébés paysans, ouvriers, artisans, pêcheurs, artistes ou milliardaires qui conservaient cette étiquette comme tatouée au fond d'eux-mêmes. Était-ce un bien, était-ce un mal ? Je ne trancherai pas. Je me méfie de la tendance que l'on a un peu trop à mon âge à préférer les choses du passé à celles du présent. Mais depuis cinquante ans, cela a bien changé. Très vite l'usage s'est imposé de procéder aux accouchements dans des cliniques spécialisées. Certes l'hygiène et la sécurité ont immensément profité de cette nouveauté. Le nombre des accidents à la naissance a diminué dans des proportions fort réjouissantes. Mais on n'a pas mesuré en revanche l'effet de ce nouvel environnement sur ce que j'appellerai l'empreinte natale. Eh oui, *l'empreinte natale !* Voilà un concept nouveau que nos Diafoirus accoucheurs vont devoir faire avaler à leurs ordinateurs ! J'affirme quant à moi qu'un bébé qui, en venant au monde sur un billard chirurgical, respire des odeurs de désinfectants, entend vrombir des instruments électriques et ne voit autour de lui que des fantômes en blouse blanche et masques chirurgicaux sur fond de murs laqués de bloc opératoire, j'affirme que ce bébé, en vertu de cette empreinte natale, sera toujours enclin à... comment dit-on déjà ?... la clinicomanie, la pharmacomanie, la médicomanie.

Monsieur le Président, voici donc la réponse que je propose à votre question : les dépenses exponentielles de la Sécurité sociale ne s'expliquent que par cette empreinte clinique imposée aux nouveau-nés dans les secondes, les minutes et les heures qui suivent leur naissance.

Alors que faire ? La naissance, l'amour et la mort, il faut le rappeler, ne sont pas des maladies. Ce sont les trois grandes articulations obligées du destin humain. Il ne convient pas que les médecins s'en emparent. Commençons donc par libérer les naissances des miasmes pharmaceutiques qui les empoisonnent. Voici donc ce que je suggère. Lorsqu'une femme sera sur le point d'être mère, elle choisira elle-même – aussi librement que le prénom de son enfant – l'environnement où elle souhaite accoucher, et par là même l'empreinte natale que recevra son enfant. Tout sera prêt pour qu'un choix pratiquement illimité lui soit offert. Il faut qu'à l'avenir les bébés puissent naître en toute sécurité au sommet du mont Blanc ou dans les rochers de Cancale, dans un atoll du Pacifique ou dans les dunes blondes du Sahara, dans la galerie des Glaces du château de Versailles ou au troisième étage de la tour Eiffel. Alors on verra les nouvelles générations manifester une variété inépuisable d'aspirations et de vocations au lieu de faire tristement la queue chez le médecin et chez le pharmacien.

Veuillez agréer, Monsieur le Président, etc.

Le Président déposa les feuillets de la lettre sur un guéridon et regarda en souriant dans la direction des téléspectateurs.

– Voici donc, chers compatriotes, l'étrange et charmante révolution que je vous propose. Dès le printemps prochain, toutes les mesures auront été prises pour que l'empreinte natale soit aussi variée et même fantaisiste que le voudront les futures mamans. Mais aujourd'hui même, ce soir, à la minute où je vous parle, nous allons procéder à l'inauguration de cette nouvelle façon de naître. Je m'adresse donc à toutes les futures mamans qui m'écoutent. Mon numéro de téléphone est le suivant : 42 92 81 00. Si vous attendez une naissance pour les jours prochains, appelez-moi immédiatement. La ligne est directe. La première future maman qui m'appellera et formulera son vœu, ce vœu, quel qu'il soit, sera exaucé. J'attends.

Toujours souriant, le Président appuya son menton sur ses mains croisées et observa un silence. Presque aussitôt le récepteur posé à sa portée se mit à grelotter. Quinze millions de téléspectateurs purent alors suivre en direct cet étrange dialogue :

– Allô ? appela une voix flûtée.
– Oui, ici le président de la République.
– Bonsoir, Monsieur le Président.
– Bonsoir, Madame.
– Mademoiselle, rectifia la voix flûtée.
– Mademoiselle. Mademoiselle... Comment s'il vous plaît ?
– Marie.

– Bonsoir, Mademoiselle Marie. Donc vous attendez une naissance. Savez-vous pour quel jour ?

– On m'a parlé du 25 décembre, Monsieur le Président.

– Parfait, parfait. Et quel est le cadre dont vous rêvez pour cette naissance ?

– Une étable, Monsieur le Président. Une étable avec beaucoup de paille. Et aussi un bœuf et un âne.

Le Président, malgré sa maîtrise de lui-même bien connue, ne put empêcher ses yeux de s'arrondir d'étonnement.

– Une étable, de la paille, un bœuf et un âne..., répéta-t-il mécaniquement. Bon, bon. Vous aurez tout cela. Me permettez-vous cependant une dernière question ?

– Mais oui, Monsieur le Président.

– Avez-vous fait déterminer le sexe de votre enfant ?

– Oui, Monsieur le Président, ce sera une fille.

– Ah bravo, une fille ! s'exclama le Président avec un soulagement évident. C'est tellement plus mignon qu'un garçon, tellement plus calme, plus rassurant ! Eh bien, je me propose comme parrain, si vous voulez de moi, et nous l'appellerons Noëlle. Bonsoir à tous !

Le roi Faust

– Alors, comment va-t-il ?

Faust Iᵉʳ, roi de Pergame, se dressait, terrible et tremblant à la fois, devant l'archiatre du palais qui sortait de la chambre du dauphin.

– Mais enfin, parleras-tu ? insista-t-il devant le silence consterné du médecin.

– Hélas ! finit-il par soupirer.

– Tu ne veux pas dire... balbutia le roi... tu ne veux pas dire que mon héritier...

– Hélas, si ! gémit l'archiatre.

Le roi bouscula le groupe de chirurgiens, apothicaires, herboristes et thaumaturges qui encombrait l'entrée de la chambre, et s'y précipita. Au milieu d'un sordide désordre de seringues, fioles, clystères, scalpels et linges souillés, le dauphin gisait, les mains jointes sur la poitrine, blanc comme un cierge.

– Mort, murmura le roi, il est mort. Une fois de plus toute la cour d'astrologues, alchimistes, chiromanciens, nécromanciens et autres phrénologues que j'entretiens autour de moi a fait la preuve de son ignorance. Et moi, après tant d'années de recherches et d'études, tout ce que je sais, c'est que je ne sais rien !

En effet, dès son plus jeune âge, le prince de Pergame avait étonné ses parents et ses maîtres par l'ardeur qu'il mettait à apprendre. Il n'y avait pas pour lui de grimoire trop indéchiffrable, de langue étrangère trop barbare, de calculs trop embrouillés, de raisonnement trop subtil. On aurait dit que la difficulté même excitait la curiosité insatiable de son esprit, et ses parents craignaient sans cesse que cette boulimie intellectuelle ne finisse par lui donner des transports au cerveau. A peine adolescent, c'était lui, et personne d'autre, qui avait mis au point pour son usage personnel l'art de fabriquer les parchemins qui faisait la renommée de Pergame. Cette passion n'était pas demeurée ignorée, et on voyait quotidiennement d'étranges aventuriers se présenter au palais, porteurs de prétendus secrets, des experts en arts magiques ou versés dans les sciences occultes, des prophètes crasseux et véhéments, couverts d'amulettes, qui promettaient l'infini en échange d'une poignée d'or. Faust Ier les recevait tous ; il les gardait souvent auprès de lui.

La chambre du dauphin s'ouvrait sur une vaste terrasse qui dominait la ville. Le roi s'y avança et leva les yeux vers le ciel scintillant d'étoiles. Combien de fois après de fumeuses discussions sur les entéléchies et les esprits animaux, s'était-il ainsi lavé la figure et le cœur dans le grand silence bleu de la nuit !

Son regard fut arrêté par une tache lumineuse qui palpitait entre Bételgeuse et la Grande Ourse. Cette lumière fantasque paraissait étrangement vivante au milieu du vaste cirque immobile du firmament. On aurait dit qu'en s'éloignant lentement vers le sud, elle envoyait des messages, qu'elle lui faisait des signes, à lui, le roi de Pergame, dont le cœur saignait. Il se souvint alors d'une vieille légende entendue dans son enfance.

– C'est mon fils ! prononça-t-il avec émerveillement, c'est l'âme de mon fils bien-aimé qui s'envole à tire-d'aile. Et il m'adresse son dernier adieu, il m'envoie ses derniers baisers, mon petit, il veut me dire quelque chose, il me supplie de comprendre. Mais quoi, mon Dieu ! Il veut peut-être que je le suive ? Il faudrait peut-être l'accompagner dans cette longue migration vers le sud ? Pourquoi pas ? Contre les chagrins de la vie, le voyage n'est-il pas le meilleur des remèdes ?

Deux heures plus tard, une petite caravane était formée, et le roi de Pergame, accompagné d'une poignée de fidèles, entreprenait le plus étrange de ses voyages de découvertes, il ne savait vers quelle destination. Il se contentait de suivre la comète qui évoluait lentement vers le sud.

Le voyage dura des jours et des semaines. La petite troupe atteignit la côte et embarqua à bord d'une trirème. On fit escale à Chypre, puis comme

la comète incurvait sa trajectoire vers le sud-est, on mit le cap sur Césarée. C'était la première fois que Faust Ier posait le pied en Palestine. Tout naturellement, il se dirigea vers Jérusalem où régnait Hérode le Grand dont la réputation de férocité faisait trembler l'Orient méditerranéen.

Hérode reçut son royal visiteur chaleureusement et en grande pompe, comme pour combattre la sinistre renommée dont il se savait l'objet. Pourtant sa foncière mauvaiseté s'étala avec une sorte de naïveté quand il répondit aux doutes et aux angoisses que lui exposa le roi de Pergame. La vérité ? Il n'en connaissait qu'une, lui Hérode le Grand, et elle ne lui avait jamais fait défaut : un juste mélange de violence et de ruse. Quant aux savants, alchimistes, astrologues et autres médicastres, il en avait à suffisance en son palais, et il en usait au mieux de sa politique. Et il conduisit son hôte dans les salles secrètes du palais où il tenait caché tout un arsenal diabolique. Il lui montra des fioles dont le contenu pouvait foudroyer toute une armée, des onguents qui paralysaient, des drogues qui rendaient les femmes à tout jamais stériles. Un certain liquide contenu dans un simple flacon pouvait empoisonner l'eau d'une ville entière. Un gaz enfermé dans une ampoule répandait une effroyable épidémie. Enfin il lui dévoila avec des gestes empreints d'amoureux respect un aigle de verre aux ailes ouvertes : lancé sur les maisons du haut d'une tour, il exploserait en se brisant, et sèmerait autant de destructions qu'un tremblement de terre...

Le roi Faust Ier, à nouveau seul sur la route avec sa petite troupe, sombra dans un puits de perplexité. Était-ce donc cela, la science ? La vérité vers laquelle tendaient le raisonnement, l'expérimentation et la recherche, n'était-ce que cet enfer de souffrance et de mort ? Hérode était d'autant plus redoutable qu'il en savait davantage...

Il leva les yeux vers le ciel pour interroger à nouveau les étoiles. La comète dansante et rieuse continuait sa course vers le sud, et elle semblait l'inviter à la suivre encore. Il se remit en marche avec ses compagnons.

La route mystérieuse serpentait à travers montagnes et vallées.

– Où allons-nous ? demanda au roi son grand chambellan.

Pour toute réponse, il désigna d'un coup de menton l'étrange comète qui scintillait devant eux. Elle paraissait au demeurant ralentir, s'arrêter, descendre même sur la masse noire d'un village. Sa queue échevelée pendait vers la terre comme une main de flamme aux cent doigts.

– Quelle est cette bourgade ? demanda le roi.

– Bethléem, lui répondit son guide. La légende veut que le roi David y soit né, il y a mille ans.

Ils poursuivirent. La comète était suspendue comme un lustre au-dessus des maisons, et son rayon le plus long s'écrasait en nappe d'argent sur le toit d'une bergerie. Une foule de pâtres et de manants se pressait à l'entrée. Quel surprenant spectacle s'offrait à l'intérieur ! Dans une mangeoire de bois arrangée en berceau de paille, un bébé nouveau-né gigotait dans ses langes. Il était veillé par un homme grisonnant et une très jeune femme, et il y avait tout naturellement autour d'eux un bœuf, un âne, des chèvres et des moutons. De cheval, point, parce que c'est une bête de riche.

Tout cela aurait pu être banal, s'il n'y avait eu encore, descendant de l'ombre des poutres noircies, une colonne de lumière mouvante, un ange radieux qui présidait, semblait-il, au déroulement de cette nuit intime et grandiose à la fois, tout l'opposé de la réception d'Hérode le Grand. C'était Gabriel, le grand ordonnateur de ces pompes joyeuses.

Faust Ier, roi de Pergame, s'agenouilla devant la crèche. Il déposa son offrande : l'un de ces rouleaux de parchemin qui était la fierté des artisans de Pergame.

– Un livre vierge, expliqua-t-il, des pages blanches, voilà le symbole dérisoire de ma vie. Elle fut tout entière vouée à la recherche de la vérité. Et parvenu au terme de cette immense quête, devant le corps de mon enfant, j'ai dû reconnaître que je ne savais qu'une chose : je sais que je ne sais rien. Alors j'ai suivi l'étoile fantasque dans laquelle j'ai voulu voir l'âme de mon fils. Et je te demande, Seigneur : où est la vérité ?

Bien sûr, l'enfant ne répondit pas par des paroles à cette immense question. Un nouveau-né ne fait pas de discours. Mais il apporta au roi Faust une autre sorte de réponse, combien plus convaincante. Son tendre visage se tourna vers lui, ses yeux bleus s'ouvrirent bien grand, un faible sourire éclaira sa bouche. Et il y avait tant de naïve confiance dans cette face enfantine, ce regard reflétait une si pure innocence que Faust sentit soudain toutes les ténèbres du doute et de l'angoisse s'effacer de son cœur. Dans le clair regard de l'enfant, il lui sembla basculer comme dans un abîme de lumière.

La légende de la peinture

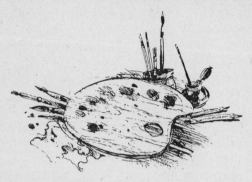

Pierre et moi, nous sommes nés la même année, dans le même village. Nous avons appris à lire et à écrire dans la même école. Mais c'est là que nos destins ont commencé à diverger. Alors que Pierre excellait en mathématiques, se passionnait pour la chimie et remportait tous les prix en physique, pour moi seules comptaient la littérature, la poésie et plus tard la philosophie. Dès l'âge de vingt ans, Pierre s'expatriait. Moi je restais au village dans la maison séculaire de mes ancêtres. Je ne voyais plus mon ami d'enfance, mais j'en avais des nouvelles par ses parents, demeurés mes voisins. Il était aux U.S.A. Il avait fait des études d'électricité, d'électronique et d'informatique. Il avait, disait-on, un poste important dans une firme d'ordinateurs.

Je le sentais s'éloigner de moi à mesure qu'il progressait selon sa vocation. J'écrivais des récits et des légendes qui s'abreuvaient aux sources de la tradition populaire. Il me semblait que seule la proximité des bois et des labours de mon enfance pourrait nourrir mon inspiration de conteur. Plus mon art s'enrichissait, plus je m'enracinais dans ma terre natale.

Un jour brusquement, Pierre reparut. Il sonna à ma porte et se jeta dans mes bras. Il avait à peine changé. Malgré la distance, il avait suivi mes travaux. Pas un de mes livres qu'il n'eût lu et relu. Et il m'apportait une proposition fantastique. Sa firme venait de mettre au point un système de codage international. N'importe quel programme pouvait être enregistré sous un volume infime, et devenait accessible à une multitude de décodages en langues diverses. Il me proposait de devenir le premier écrivain au monde qui profiterait de ce système. Si j'en étais d'accord, toute mon œuvre serait mise sur ordinateur, et déchiffrée ensuite dans les cent trente pays actuellement pourvus d'un terminal approprié. Mes livres connaîtraient ainsi une prodigieuse diffusion, comparable à celle de la Bible et du Coran. Le projet de Pierre m'enthousiasma.

– Je suis un homme de communication, me répondit-il. Tu es un homme de création. La communication ne se justifie que par le message qu'elle véhicule. Sans toi, je ne serais rien.

– Ne sois pas trop modeste, lui dis-je à mon tour. La création ne peut se passer de rayonnement. Je n'aspire ni à la gloire, ni à la fortune. Mais j'ai besoin d'être lu. Qu'est-ce qu'un musicien qui n'est pas joué, un auteur dramatique sans théâtre ? La communication ajoute à la création une vie innombrable et imprévisible sans laquelle elle n'est qu'un objet inerte.

Et comme je ne m'exprime bien qu'en conteur, je lui contai une parabole du sage derviche Algazel, plus justement appelé Rhazali ou Ghazali, un peu

arrangée à ma manière, comme il est loisible de le faire dans la tradition orale.

Il était une fois un calife de Bagdad qui voulait faire décorer les deux murs de la salle d'honneur de son palais. Il fit venir deux artistes, l'un d'Orient, l'autre d'Occident. Le premier était un célèbre peintre chinois qui n'avait jamais quitté sa province. Le second, grec, avait visité toutes les nations, et parlait apparemment toutes les langues. Ce n'était pas qu'un peintre. Il était également versé dans l'astronomie, la physique, la chimie, l'architecture. Le calife leur expliqua son propos et confia à chacun l'un des murs de la salle d'honneur.

– Quand vous aurez terminé, dit-il, la cour se réunira en grande pompe. Elle examinera et comparera vos œuvres, et celle qui sera jugée la plus belle vaudra à son auteur une immense récompense.

Puis se tournant vers le Grec, il lui demanda combien de temps il lui faudrait pour achever sa fresque. Et mystérieusement le Grec répondit :

– Quand mon confrère chinois aura terminé, j'aurai terminé.

Alors le calife interrogea le Chinois, lequel demanda un délai de trois mois.

– Bien, dit le calife. Je vais faire diviser la pièce en deux par un rideau afin que vous ne vous gêniez pas, et nous nous reverrons dans trois mois.

Les trois mois passèrent, et le calife convoqua les deux peintres. Se tournant vers le Grec, il lui demanda :

– As-tu terminé ?

Et mystérieusement le Grec lui répondit :

– Si mon confrère chinois a terminé, j'ai terminé.

Alors le calife interrogea à son tour le Chinois qui répondit :

– J'ai terminé.

La cour se réunit le surlendemain et se dirigea en grand arroi vers la salle d'honneur afin de juger et comparer les deux œuvres. C'était un cortège magnifique où l'on ne voyait que robes brodées, panaches de plumes, bijoux d'or, armes ciselées.

Tout le monde se rassembla d'abord du côté du mur peint par le Chinois. Ce ne fut alors qu'un cri d'admiration. La fresque figurait en effet un jardin de rêve planté d'arbres en fleurs avec des petits lacs en forme de haricot qu'enjambaient de gracieuses passerelles. Une vision paradisiaque dont on ne se lassait pas de s'emplir les yeux. Si grand était l'enchantement que d'aucuns voulaient qu'on déclarât le Chinois vainqueur du concours, sans même jeter un coup d'œil à l'œuvre du Grec.

Mais bientôt le calife fit tirer le rideau qui séparait la pièce en deux, et la foule se retourna. La foule se retourna et laissa échapper une exclamation de stupeur émerveillée.

Qu'avait donc fait le Grec ? Il n'avait rien peint du tout. Il s'était contenté d'établir un vaste miroir qui partait du sol et montait jusqu'au plafond. Et bien entendu, ce miroir reflétait le jardin du Chinois dans ses moindres détails.

Mais alors, direz-vous, en quoi cette image était-elle plus belle et plus émouvante que son modèle ? C'est que le jardin du Chinois était désert et vide d'habitants, alors que, dans le jardin du Grec, on voyait une foule magnifique avec des robes brodées, des panaches de plumes, des bijoux d'or et des armes ciselées. Et tous ces gens bougeaient, gesticulaient et se reconnaissaient avec ravissement.

A l'unanimité, le Grec fut déclaré vainqueur du concours.

La légende des parfums

Il faut d'abord rappeler que, selon les Écritures, Dieu a façonné Adam avec le sable du désert et, pour lui donner la vie, il lui a soufflé de l'air dans les narines. Il le vouait, ce faisant, à une existence dominée par des émotions olfactives. Il faut aussi convenir que l'entreprise était paradoxale. Placer un être essentiellement olfactif tout seul dans un désert de sable n'est-ce pas faire son malheur ? Certes de nombreux millénaires plus tard, il se trouvera une chanteuse populaire française [1] pour prétendre que son légionnaire sentait bon le sable chaud. Mais toutes les expériences ont prouvé depuis qu'il s'agit là d'une pure licence poétique, car le sable – froid ou chaud –, c'est évident, ne sent rien du tout.

Or donc Dieu, planant un jour au-dessus des dunes de la terre déserte, surprit Adam en étrange posture. Il promenait son nez le long d'un de ses bras et s'efforçait vainement de prolonger son investigation en le plongeant dans le creux de son aisselle.

1. Edith Piaf.

– Oh là, mon fils, dit Dieu, que fais-tu donc ?

– Je sens, lui répondit Adam, ou plutôt j'essaie de sentir, car je sens surtout que je ne sens rien...

Et il lui tourna le dos en haussant tristement les épaules.

Dieu réfléchit. Si Adam doit avoir une vie olfactive, pensa-t-il, il n'est pas bon qu'il reste seul. Mais ce n'est pas tout. Il lui faut aussi un environnement parfumé.

Il se mit donc au travail et créa le Paradis. Or le Paradis n'était qu'un jardin de fleurs que bordaient des bois de santal, de campêche et d'amarante. Et chacune de ces fleurs s'évaporait ainsi qu'un encensoir, comme l'a écrit le poète. La terre du Paradis ne ressemblait pas non plus au sable sec, stérile et inodore dont avait été formé Adam. C'était un terreau gras, lourd et riche, et c'est dans cette matière que Dieu façonna Ève.

Ève ouvrit les yeux, elle vit Adam, aspira profondément, et lui tendit les bras.

– Viens, bel ami ! lui dit-elle.

Adam s'approcha, perçut les effluves qui flottaient autour de son grand corps nu.

– Jolie Madame ! murmura-t-il charmé.

Ils se prirent par la main et s'avancèrent dans une atmosphère étrangement pure, vierge encore de toute trace humaine, où se composaient seulement la fleur, le bois et le pelage animal.

– Respire, mon chéri, dit Ève. C'est la nature avant l'homme qui nous accueille. Les trois notes de l'innocence végétale, forestière et animale.

– L'odeur du cinquième jour de la Création, précisa Adam, puisque nous avons été créés le sixième jour.

Ainsi se déroulait la vie heureuse au Paradis, scandée par des parfums qui marquaient seuls les heures et les aventures de chaque jour. Aventure lorsque Adam ramassa sur la plage une boule noire et dorée qu'il offrit à Ève. Heure exquise quand la nuit bleue tombait sur eux après le coucher du soleil. Aventure encore le jour où Ève découvrit lové dans l'herbe un admirable serpent dont les écailles semblaient autant de pierres précieuses. Elle tendait la main vers ce vivant joyau quand la voix de Dieu retentit du haut du ciel : « Poison ! » disait cette voix. Adam et Ève reculèrent épouvantés. Mais le Serpent se dressant sur sa queue leur envoya pour les séduire un souffle chaud, vibrant, scintillant, énigmatique. Ils s'enfuirent, mais ils savaient dès lors qu'ils n'en avaient pas fini avec le Serpent.

Or il y avait nombre d'arbres dans le paradis, et chacun par ses fruits conférait une connaissance particulière. L'un révélait les mathématiques, l'autre la chimie, un troisième les langues orientales. Dieu dit à Adam et à Ève :

– Vous pouvez manger des fruits de tous les arbres et acquérir toutes les connaissances. Gardez-vous cependant de manger du fruit de l'arbre des parfums, car, connaissant l'art de la parfumerie, vous cesseriez aussitôt de recevoir gratuitement les parfums de la nature. Elle ne vous enverrait plus que des odeurs, et, croyez-moi, rien n'est plus morne qu'une odeur !

Adam et Ève étaient perplexes. Le Serpent les enveloppa de son effluve empoisonné et enjôlant.

– Mangez du fruit de l'arbre de la connaissance des parfums, leur dit-il. Connaissant l'art et la chimie de la parfumerie, vous ferez vos propres parfums, et ils égaleront ceux du Paradis.

Ils finirent par céder à la tentation. Or à peine eurent-ils mordu dans le fruit de l'arbre de la connaissance des parfums que leurs narines se pincèrent d'horreur et de chagrin. Tous les parfums du Paradis s'étaient d'un seul coup dissipés, et ne leur parvenaient plus que des odeurs triviales. L'humus, le foin coupé, la feuille morte, le poil mouillé de l'épagneul, le bois qui brûle et la suie qui s'ensuit, ce sont certes pour nous, pauvres hères de l'après-paradis des remugles d'enfance qui nous touchent le cœur. Pour Adam et Ève, c'était une seule et même puanteur, celle de leur nouvelle misère. Il y avait pire. S'approchant l'un de l'autre et voulant comme par devant aspirer leurs âmes, ils ne perçurent ensemble qu'un seul fumet, celui de leur transpiration. Car gagner son pain à la sueur de son front ne va pas sans exhalaison besogneuse. C'est alors que d'une seule voix, ils prononcèrent le mot le plus difforme, le plus sinistre, le plus graveleux du sabir international :

– Il nous faudrait, dirent-ils, un déodorant.

Les promesses du Serpent n'étaient peut-être pas totalement fallacieuses, mais il fallut à l'homme des millénaires de tâtonnements et de recherches pour retrouver un à un les grands parfums du Paradis. Lorsque Dieu fait monter Moïse sur le Sinaï, ce n'est pas seulement pour lui donner les Tables de la Loi. Il lui dicte aussi la recette du premier parfum de l'histoire humaine (myrrhe vierge, cinname aromatique, canne odorante, casse, huile d'olive). On a glosé à perte de vue sur la révolution chrétienne. Son véritable sens se trouve dans les cadeaux offerts par les Rois Mages à l'Enfant-Dieu : l'or, l'encens et la myrrhe. Soit deux grands parfums et le métal de leur flacon – l'or – à une époque où le cristal n'existait pas. Devenu adulte, Jésus montrera qu'il n'a pas oublié cette leçon de sa prime enfance. Lorsque Marie-Madeleine verse sur sa tête un parfum hors de prix, les disciples s'indignent de tant de prodigalité. Jésus les rabroue vertement. Cet hommage ne lui est-il pas dû de plein droit ?

Mais il faut attendre encore, et singulièrement, la France du xxᵉ siècle pour assister à une véritable explosion d'inventions olfactives par une pléiade de parfumeurs de génie.

Tout commença en 1912 lorsque Guerlain lança Heure Bleue. Quiconque recevait cette bouffée d'iris, d'héliotrope, de jasmin et de rose de Bulgarie se trouvait transporté au premier crépuscule du monde, lorsque les premières étoiles scintillaient au-dessus du premier couple humain enlacé. Et chacun pleurait dans son cœur ce climat de grâce langoureuse. Ce fut autre chose encore quand en 1921 Chanel créa son n° 5. C'était l'indication d'une date, le 5 mai (cinquième mois de l'année). Mais c'était aussi le cinquième jour de la Création qu'il évoquait dans notre mémoire ancestrale, lorsqu'il y avait sur terre forêt, mer et animaux, mais d'homme point encore. Puis en 1927, Lanvin fit rouler à nos pieds une boule noire et dorée, celle-là même qu'Adam avait ramassée sur une plage, et qui s'appelle Arpège. Il fallut attendre de longues années encore avant que Balmain avec Jolie Madame et Hermès avec Bel Ami retrouvent chacun de leur côté la salutation que nos premiers parents échangèrent en se découvrant merveilleusement différents et complémentaires au sortir de leur sommeil natal. Quant à Poison ! l'odeur puissante et séductrice du Serpent, ce sera Christian Dior qui la recomposera.

Ainsi chaque grand parfum est une porte qui s'ouvre sur notre passé paradisiaque. Marcel Proust a rendu célèbre le goût de la madeleine qui lui restituait son enfance. Parce qu'il a des ailes de géant, le parfum nous rend le jardin magique où le premier couple s'aimait innocemment sous l'œil tutélaire du Grand Parfumeur Divin.

La légende de la musique et de la danse

Au commencement Dieu créa le ciel et la terre. Or les ténèbres couvraient la terre et le silence emplissait le ciel. Dieu créa donc les astres, les luminaires et les planètes.

Et la lumière fut.

Mais pas seulement la lumière, car les astres, les luminaires et les planètes, en accomplissant dans le ciel leurs paraboles et leurs révolutions, émettaient des sons. Et on ne cessait d'entendre une sorte de concert céleste, doux, profond et ravissant : la musique des sphères.

Ensuite Dieu créa l'homme. Et il le fit mâle et femelle, ce qui veut dire qu'il avait des seins de femme et un sexe de garçon à la fois. Et Dieu se retira derrière un nuage pour voir ce qu'Adam allait faire.

Qu'allait donc faire Adam ? Il dressa l'oreille et écouta ce chant flûté qui tombait du ciel. Puis il mit un pied devant l'autre, il étendit les bras en croix, et il tourna lentement sur lui-même. Il tourna, tourna,

tourna, si bien que, pris de vertige, il tomba sur le sol où il resta un moment hébété. Enfin il se secoua, et mécontent appela son père.

– Ohé, Dieu du ciel !

Dieu qui n'attendait que cet appel apparut aussitôt :

– Mon fils, qu'y a-t-il ?

– Il y a, dit Adam, que je ne puis entendre cette musique sans danser. Or les sphères sont nombreuses et leur musique est celle d'un véritable ballet. Et moi, je suis seul. Quand mes pieds avancent, ils ne savent vers quoi, quand mes bras se tendent, ils ne savent vers qui.

– C'est vrai, dit Dieu, si l'homme doit danser, il n'est pas bon qu'il demeure seul.

Alors il fit tomber Adam dans un profond sommeil. Puis il sépara son corps en deux moitiés, la moitié mâle et la moitié femelle, et de cet être devenu double, il fit un homme et une femme. Quand ces deux êtres, ouvrirent les yeux, Dieu dit à l'un :

– C'est ta cavalière.

Et il dit à l'autre :

– C'est ton cavalier.

Puis il se retira derrière son nuage pour voir ce qu'ils allaient faire. Que firent donc Adam et Ève en se découvrant si merveilleusement différents et complémentaires ? Ils tendirent l'oreille à la musique des sphères.

– N'est-ce pas un pas de deux que nous entendons ? demanda Ève.

Et ils dansèrent le premier pas de deux.

– N'est-ce pas là un menuet ? demanda plus tard Adam.

Et ils dansèrent le premier menuet.

– N'est-ce pas une valse ? demanda ensuite Ève.

Et ils dansèrent la première valse. Enfin prêtant l'oreille, Adam demanda :

– N'est-ce pas cette fois un quadrille ?

– Sans doute, lui répondit Ève, c'est un quadrille. Mais pour cette danse-là, il faut être au moins quatre. Arrêtons-nous donc un moment et songeons à Caïn et à Abel.

Et c'est ainsi, pour les besoins de la danse, que l'humanité se multiplia.

Or il y avait nombre d'arbres dans le Paradis, et chacun par ses fruits conférait une connaissance particulière. L'un révélait les mathématiques, l'autre la chimie, un troisième les langues orientales.

Dieu dit à Adam et à Ève :

– Vous pouvez manger des fruits de tous les arbres et acquérir toutes les connaissances. Gardez-vous cependant de manger des fruits de l'arbre de la musique, car, connaissant les notes, vous cesseriez aussitôt d'entendre la grande symphonie des sphères célestes, et, croyez-moi, rien n'est plus triste que le silence éternel des espaces infinis !

Adam et Ève étaient perplexes. Le Serpent leur dit :

– Mangez donc des fruits de l'arbre de la musique. Connaissant les notes, vous ferez votre propre musique, et elle égalera celle des sphères.

Ils finirent par céder à la tentation. Or à peine eurent-ils mordu dans un fruit de l'arbre de la musique que leurs oreilles se bouchèrent. Ils cessèrent d'entendre la musique des sphères, et un silence funèbre tomba sur eux.

La fin du Paradis avait sonné. L'histoire de la musique commençait: Adam et Ève, puis leurs descendants, se mirent à tendre des peaux sur des calebasses et des boyaux sur des archets. Ils percèrent des trous dans des tiges de roseau, et tordirent des lingots de cuivre pour fabriquer des diapasons. Cela dura des millénaires, il y eut Orphée, et il y eut Monteverdi, Bach, Mozart, Beethoven, il y eut Ravel, Debussy, Britten, Messiaen et Boulez.

Mais le ciel demeura désormais silencieux, et plus jamais l'homme n'entendit la musique des sphères.

Les deux banquets
ou la commémoration

Il était une fois un calife d'Ispahan qui avait perdu son cuisinier. Il ordonna donc à son intendant de se mettre en quête d'un nouveau chef digne de remplir les fonctions de chef des cuisines du palais.

Les jours passèrent. Le calife s'impatienta et convoqua son intendant.

– Alors ? As-tu trouvé l'homme qu'il nous faut ?

– Seigneur, je suis assez embarrassé, répondit l'intendant. Car je n'ai pas trouvé un cuisinier, mais deux tout à fait dignes de remplir ces hautes fonctions, et je ne sais comment les départager.

– Qu'à cela ne tienne, dit le calife, je m'en charge. Dimanche prochain, l'un de ces deux hommes désigné par le sort nous fera festoyer, la cour et moi-même. Le dimanche suivant, ce sera au tour de l'autre. A la fin de ce second repas, je désignerai moi-même le vainqueur de cette plaisante compétition.

Ainsi fut fait. Le premier dimanche, le cuisinier désigné par le sort se chargea du déjeuner de la cour. Tout le monde attendait avec la plus gourmande curiosité ce qui allait être servi. Or la finesse, l'originalité, la richesse et la succulence des plats qui se succédèrent sur la table dépassèrent toute attente. L'enthousiasme des convives était tel qu'ils pressaient le calife de nommer sans plus attendre chef des cuisines du palais l'auteur de ce festin incomparable. Quel besoin avait-on d'une autre expérience ? Mais le calife demeura inébranlable.

– Attendons dimanche, dit-il, et laissons sa chance à l'autre concurrent.

Une semaine passa, et toute la cour se retrouva autour de la même table pour goûter le chef-d'œuvre du second cuisinier. L'impatience était vive, mais le souvenir délectable du festin précédent créait une prévention contre lui.

Grande fut la surprise générale quand le premier plat arriva sur la table : c'était le même que le premier plat du premier banquet. Aussi fin, original, riche et succulent, mais identique. Il y eut des rires et des murmures quand le deuxième plat s'avéra à son tour reproduire fidèlement le deuxième plat du premier banquet. Mais ensuite un silence consterné pesa sur les convives, lorsqu'il apparut que tous les plats suivants étaient eux aussi les mêmes que ceux du dimanche précédent. Il fallait se rendre à l'évidence : le second cuisinier imitait point par point son concurrent.

Or chacun savait que le calife était un tyran ombrageux, et ne tolérait pas que quiconque se moquât de lui, un cuisinier moins qu'aucun autre, et la cour tout entière attendait épouvantée, en jetant vers lui des regards furtifs, la colère dont il allait foudroyer d'un instant à l'autre le fauteur de cette misérable farce. Mais le calife mangeait imperturbablement et n'échangeait avec ses voisins que les rares et futiles propos qui sont de convenance en pareille circonstance. A croire qu'il n'avait pas remarqué l'incroyable mystification dont il était victime.

Enfin on servit les desserts et les entremets, eux aussi parfaitement semblables aux desserts et aux entremets du premier banquet. Puis les serveurs s'empressèrent de débarrasser la table.

Alors le calife ordonna qu'on fît venir les cuisiniers, et quand les deux hommes se trouvèrent en face de lui, il s'adressa en ces termes à toute la cour :

– Ainsi donc, mes amis, vous avez pu apprécier

en ces deux banquets l'art et l'invention des deux cuisiniers ici présents. Il nous appartient maintenant de les départager et de décider lequel des deux doit être investi des hautes fonctions de chef des cuisines du palais. Or je pense que vous serez tous d'accord avec moi pour reconnaître et proclamer l'immense supériorité du *second* cuisinier sur le premier. Car si le repas que nous avons pu goûter dimanche dernier était tout aussi fin, original, riche et succulent que celui qui nous a été servi aujourd'hui, ce n'était en somme qu'un repas princier. Mais le second, parce qu'il était l'exacte répétition du premier, se haussait, lui, à une dimension supérieure. Le premier banquet était un événement, mais le second était une commémoration, et si le premier était mémorable, c'est le second seul qui lui a conféré rétroactivement cette mémorabilité. Ainsi les hauts faits de l'histoire ne se dégagent de la gangue impure et douteuse où ils sont nés que par le souvenir qui les perpétue dans les générations ultérieures. Donc si j'apprécie chez mes amis et en voyage qu'on me serve des repas princiers, ici au palais, je ne veux que des repas sacrés. Sacrés, oui, car le sacré n'existe que par la répétition, et il gagne en éminence à chaque répétition.

Cuisiniers un et deux, je vous engage l'un et l'autre. Toi, cuisinier un, tu m'accompagneras dans mes chasses et dans mes guerres. Tu ouvriras ma table aux produits nouveaux, aux plats exotiques, aux inventions les plus surprenantes de la gastronomie. Mais toi, cuisinier deux, tu veilleras ici même à l'ordonnance immuable de mon ordinaire. Tu seras le grand prêtre de mes cuisines et le conservateur des rites culinaires et manducatoires qui confèrent au repas sa dimension spirituelle.

Les deux miroirs

Un jour deux miroirs s'étant rencontrés s'arrê-
tèrent pour un brin de causette l'un en face de
l'autre.

– Tu vois quelque chose ? demande le premier.

– Non, rien du tout, dit l'autre.

– Moi non plus.

Et après un silence :

– Je me demande bien ce que toutes ces femmes
nous trouvent d'intéressant pour nous regarder
comme elles le font !

Angus

Parce qu'il est fragile et tardif, le printemps des Hautes Terres d'Écosse possède pour les hommes et les femmes de ce pays un charme d'une douceur exquise. Ils guettent avec une impatience enfantine le retour des vanneaux dans le ciel tourmenté, le cri amoureux des grouses des marais, et les premières taches mauves des crocus sur l'herbe rare des collines. Chaque signe annonçant le renouveau après la longue nuit hivernale est accueilli comme une joyeuse nouvelle, attendue mais cependant surprenante dans sa puissante verdeur. Et la soudaine explosion des bourgeons, la roseur étoilée des buissons d'aubépine, la brise océane attendrie par des nuées de pollen touchent jusqu'aux larmes le cœur des jeunes et des vieux.

Nulle part le contraste entre l'immense clameur des tempêtes d'équinoxe et les plaintes des dames blanches dans les premières nuits de mai n'est plus émouvant que sur les terres du comte de Strathaël. La forteresse de granit où veille le vieux roi Angus domine de sa masse noire des combes verdoyantes toutes gloussantes de sources vives, un bois de trembles si fin, si clair dans son jeune feuillage qu'il semble avoir été planté de main de jardinier afin d'offrir un rideau translucide aux promenades des fiancés.

C'était dans ce doux vallonnement de prairies que chevauchaient ce matin-là Colombelle, la jeune fille de lord Angus, et son fiancé, Ottmar, comte des Orcades. Ainsi donc les deux palefrois allaient, épaule contre épaule, écartant de leurs blancs poitrails les herbes hautes émaillées de coquelicots, de marguerites et de boutons-d'or, et les jeunes gens devisaient et confabulaient tendrement. Ottmar avait étudié en pays d'Oc, où le comte de Toulouse l'avait accueilli à sa cour comme page de chambre. Il avait assisté aux Jeux Floraux et appris par cœur les Leys d'amors établis par le Consistoire des sept mainteneurs du gai savoir. Colombelle qui n'avait jamais quitté le Haut Pays l'écoutait avec un ravissement un peu craintif chanter la louange d'un nouvel art de vivre, né dans ces provinces bénies par le soleil, la fin'amor, ou art d'aimer courtoisement et de servir la dame de son cœur.

Il importait premièrement, expliquait-il, de laver les relations amoureuses de toute souillure matérielle. Presque toujours les mariages sont arrangés par les parents, aidés par des clercs, en fonction des deux fortunes qu'il s'agit de rapprocher et d'unir. Aucun sentiment ne survit à pareille compromission. L'idéal serait certes que les fiancés fussent l'un et l'autre également pauvres, absolument pauvres, mais comment approcher cet idéal en dehors de la vie monacale, laquelle sépare toujours strictement les hommes et les femmes?

Deux bergeronnettes tournoyant et piaillant se jetèrent dans les pieds des chevaux et s'envolèrent aussitôt pour se rejoindre un peu plus loin

— Voyez les oiseaux des champs, dit la jeune fille Peut-on être plus démunis ? Et pourtant ils forment des couples qui durent toute l'année et bien au-delà souvent.

— Certes, répondit Ottmar, mais c'est pour les seuls besoins de la procréation qu'ils s'unissent. Le nid, les œufs, la couvaison, le nourrissage de la couvée, tout cela requiert la présence du mâle et de la femelle. Or justement la fin'amor plane infiniment au-dessus des exigences de la procréation. Il n'est d'amour pur que désincarné, spiritualisé, stérile comme le ciel bleu ou la neige immaculée qui couvre en hiver le sommet du Ben Nevis.

— Est-ce à dire que les corps n'ont aucune part à votre fin'amor ? s'inquiéta Colombelle. Faut-il être un pur esprit pour planer comme vous le recommandez au-dessus de la condition humaine ordinaire ?

— Certes non, mais le corps n'est aimable que grâce à l'âme qui le transverbère comme une flamme fait une lanterne. Que la flamme vienne à s'éteindre, et la lanterne n'est plus qu'une petite cage grise et morne.

— Mais cette lumière de l'âme, comment passe-t-elle à travers la chair et les vêtements qui la couvrent ?

— Il y a les mains, il y a le visage, il y a surtout les yeux qui sont les fenêtres de l'âme ouvertes sur l'amant, et qui l'illuminent et le réchauffent. Avez-vous déjà ressenti la froide ténèbre qui enlaidit le visage des aveugles ?

Colombelle sourit de tous ses yeux, clairs comme l'eau vive, aux propos d'Ottmar.

– Mais, poursuivit le jeune homme, il y a surtout les mots. L'amour possède un langage qui lui est propre : la poésie. Le poète est celui qui sait parler l'amour.

Ils avaient maintenant quitté les prairies vermeilles pour pénétrer dans la pénombre d'un sous-bois. Des chênes centenaires se mêlaient à des hêtres géants pour former une voûte fraîche et immobile. Les jeunes gens s'étaient arrêtés et se taisaient impressionnés par le grand calme sylvestre. Les chevaux encensaient puissamment de l'encolure. Un merle bleu s'enfuit en poussant son trille d'alerte. Il se passait quelque chose. Un instant plus tard on entendit en effet un galop précipité et léger sur les cailloux du sentier. Puis une biche déboula,

s'arrêta net devant les cavaliers et crocheta violemment à gauche pour les éviter et disparaître dans les taillis. Le silence se reforma, mais les fiancés, familiers de la chasse et des bois, savaient qu'un merle qui siffle l'alerte et une biche lancée aveuglément annoncent un chasseur.

Il y eut des bruits de branches cassées, un rire énorme, enfin la haute silhouette d'un cavalier noir surgit. C'était Tiphaine, le puissant seigneur voisin. Son nain Lucain le suivait, recroquevillé sur un âne. Tiphaine chassait donc sur les terres du comte Strathaël. La courtoisie eût exigé qu'il s'en excusât. Mais Tiphaine ne s'embarrasse pas de courtoisie. Il possède trois châteaux, et ses terres s'étendent jusqu'au cap Wrath. Il vit seul avec son nain dans la plus sombre de ses tours, sa dernière femme étant morte d'esseulement, un hiver, pendant l'une de ses interminables expéditions. Ses sujets fuient son approche. Ses voisins l'évitent. Sa fortune immense sent par trop la violence et le sang.

— J'ai perdu une biche, dit-il, je trouve une femme. Accorte et fraîche, ma foi. Je ne perds pas au change !

Il rit encore. D'un rire qui fait peur. Ottmar intervient.

— Seigneur Tiphaine, vous avez devant vous damoiselle Colombelle, la propre fille de lord Angus, votre voisin, dit-il pour dissiper tout malentendu.

Mais il n'y a pas de malentendu. Tiphaine se soucie apparemment de lord Angus comme d'une guigne. Il ignore Ottmar et apostrophe Colombelle en termes insultants.

— Jolie biche, la douceur du printemps ne vous inspire-t-elle pas des pensers galants ? Un vieux cerf survenant à la corne du bois trouvera-t-il grâce à vos yeux de velours ? Certes il n'a plus la fraîcheur de l'adolescence, mais faites confiance à sa force et à son expérience.

Il éclate de rire en s'approchant du couple.

– Seigneur Tiphaine, dit Ottmar, vous vous oubliez. Je vous prie pour la dernière fois de respecter cette jeune fille.

Tiphaine n'a pas l'air d'entendre ce que dit Ottmar. Il descend de cheval. Il dépose sur sa selle ses gants de chasse, son baudrier avec sa dague. Il retire même son pourpoint de gros velours. Le voilà qui s'avance en ample chemise brodée, et qui tend galamment vers Colombelle une main noueuse surchargée de bracelets et de bagues. Ottmar ne peut en supporter davantage.

– Seigneur Tiphaine, crie-t-il, je vous avertis que si vous faites un pas de plus vers ma fiancée, je vous tranche les oreilles !

Il tire son épée, mais il s'écroule aussitôt sur le sol. Lucain qui était monté dans les branches de l'arbre voisin vient de se laisser tomber sur lui. Les deux hommes roulent à terre. Mais le nain se relève d'un bond. Un lacet attaché à son pied gauche enserre le cou d'Ottmar, et le nain tire des deux mains sur l'autre bout. Tiphaine contemple la scène en souriant. Colombelle, blanche comme une morte, défaille d'horreur. Il y a un long silence qui est le temps d'agonie du jeune homme. Puis Tiphaine saisit Colombelle par le poignet. Il ne sourit plus. Il l'arrache de sa selle.

– Allons, jolie biche, dit-il, viens faire ton devoir de femelle. C'est la saison du rut.

*

A mesure que le soleil monte dans le ciel, l'angoisse descend dans le cœur du vieux lord Angus. Voilà maintenant quatre heures que sa fille et son futur gendre sont sortis seuls sur leurs palefrois. Ils devraient être de retour depuis longtemps. Angus a une confiance absolue en Ottmar. On n'a jamais rencontré ni brigands, ni maraudeurs, ni soldats perdus dans la campagne et les bois alentours. Alors pourquoi trembler ? Mais c'est ainsi. Pour lui le ciel glorieux cache d'affreuses ténèbres sous sa tente d'azur et d'or.

Soudain Angus tressaille. Le pas d'un cheval sonne sur les pavés de la cour du château. Ils sont de retour ! Mais pourquoi n'entend-on qu'un seul cheval ? Angus s'approche d'une fenêtre, il voit un écuyer accourir au devant d'un cheval qui s'avance sans cavalier. Il reconnaît la jument pie de Colom-

belle. C'est le malheur qui vient d'entrer à Strathaël.

Il y a des cris, des appels, des ordres. Angus prend
la tête d'une petite troupe, et on se jette à la
recherche des disparus. La direction dans laquelle
on les a vus s'éloigner, c'est celle des bois qui
mêlent loin vers l'est les terres de Strathaël et l'immense comté de lord Tiphaine. Personne ne pro-
nonce ce nom redoutable, mais il est présent à l'esprit d'Angus et de ses compagnons. Il ne faut pas de
longues fouilles dans les taillis et la futaie pour
trouver le lieu du double crime. Au bord d'un sentier constellé de campanules, sous un chêne, Ottmar
est couché, un sillon rouge autour du cou. On
retrouve un peu plus loin nue, ensanglantée,
hagarde, la jeune fille qui se laisse emmener sans un
mot. Est-elle devenue muette ou folle ? Angus
comprend qu'il est inutile de vouloir l'interroger.
Elle porte sur son visage un masque immobile et
flétri qui impose le silence. Bertram, le grand
veneur de Strathaël, examine les traces de chevaux
qui s'entrecroisent sur le sol tendre. L'un d'eux
venait du levant, indiscutablement, où se trouve le
château de Tiphaine. Ce qui est plus clair encore, ce
sont les petits sabots d'un âne dont les empreintes
vont dans le même sens. Or personne n'ignore que
Tiphaine se fait accompagner fréquemment par un
nain à califourchon sur un âne.

Tout cela Angus le sait, mais personne n'ose l'interroger sur ses intentions. Il est seul, âgé et malade.
Il ne peut songer à défier Tiphaine, comme il l'aurait fait trente ans plus tôt. Quant à le traduire en
justice devant ses pairs pour son horrible forfait, il
faudrait pour cela le témoignage de Colombelle.
Elle n'est pas en état de le fournir. Le sera-t-elle

jamais ? Et si elle recouvrait la force nécessaire, accepterait-elle l'affreuse humiliation d'être confrontée à son agresseur ? Les hommes qui violent trouvent presque toujours leur salut dans la pudeur de leur victime.

Le lendemain matin, un homme se présenta au château menant un cheval par la bride. C'était un valet de Tiphaine. Ce cheval errait aux alentours de son domaine. Venait-il de Strathaël ? Les gens d'Angus reconnurent le cheval d'Ottmar. Angus ressentit cette restitution comme une insulte supplémentaire. Qu'importait ! Sa blessure était si grave que la vengeance devait mûrir. Cette vengeance, il ne savait encore ce qu'elle serait, mais Tiphaine pouvait attendre, plus le temps passerait plus son châtiment serait cruel.

*

Colombelle retrouva l'usage de la parole, une parole murmurée et parcimonieuse. Mais personne n'osait – pas même son père – faire allusion en sa présence au double crime. S'en souvenait-elle même ? Tout dans sa conduite semblait indiquer que sa mémoire avait effacé l'image de ce beau matin de printemps où elle devisait avec son fiancé de la fin'amor.

Sa mémoire peut-être, mais non sa chair, car il apparut à la fin de l'été qu'elle attendait un enfant. C'était un second malheur, plus terrible encore que le premier, car il engageait l'avenir. Ce fruit qui se gonflait en elle, c'était comme une tumeur maligne inguérissable, comme un nouveau viol réitéré à chaque heure. Elle ne quittait plus ses appartements. Elle se nourrissait à peine. Et plus elle

76

s'émaciait, plus sa gros-
sesse devenait mons-
trueuse. On accrédita la
fable officielle – qui ne
trompa personne au châ-
teau – selon laquelle Ottmar aurait été marié secrè-
tement avec elle avant
d'être tué par des marau-
deurs. Peu avant Noël, elle
accoucha d'un garçon.

– Il est innocent, mur-
mura-t-elle à son père qui
se penchait vers elle. Pardonnez-lui d'exister.

Le lendemain, elle mourut. Angus voulut que
l'enfant fût baptisé le jour des funérailles de sa mère
afin de marquer par là la malédiction qui pesait sur
lui. Il le fit prénommer Jacques, et l'envoya en
nourrice chez des paysans en se promettant de ne
jamais le revoir.

Les années passant, il ne put tenir sa promesse.
Cet enfant, c'était son petit-fils, son unique héritier.
De plus en plus souvent, les promenades qu'il faisait seul ou avec Bertram le menaient vers la ferme
où grandissait Jacques. Il se le faisait désigner au
milieu de la marmaille crasseuse et vigoureuse qui
s'ébattait dans la cour. Il l'observait avec horreur.
C'était le fils de Tiphaine, la preuve vivante du
double crime de ce printemps maudit. Et pourtant
il était innocent. Pardonnez-lui d'exister ! avait
supplié Colombelle sur son lit de mort.

Un jour – l'enfant pouvait avoir six ans – Angus
le fit approcher pour mieux le voir. Malgré ses
allures de petit paysan, il y avait en lui une qualité

qui le distinguait des autres bâtards de la ferme. Il le regarda au visage. A travers les cheveux blonds qui croulaient sur sa figure, l'enfant soutenait gravement son regard. Angus ne put retenir un sanglot : c'était les yeux de Colombelle, des yeux clairs comme l'eau vive, qui le fixaient ! Ce jour-là il ramena l'enfant au château.

Il confia son éducation de futur chevalier à Bertram. On fit venir un poney des Shetland pour le mettre en selle. Ses courtes jambes étaient écartelées par le ventre rond comme une futaille du minuscule cheval, mais il criait de joie en le lançant au galop. Il apprit aussi à panser, nourrir et harnacher sa monture.

C'est en observant la fougue avec laquelle il s'escrimait au bâton contre un garçon beaucoup plus âgé et le courage avec lequel il encaissait les coups qu'Angus conçut pour la première fois la forme que pourrait prendre la vengeance contre Tiphaine à laquelle il ne cessait de penser. Ce serait Jacques lui-même qui châtierait le père-violeur, vengeant ainsi sa mère. Le vieux lord ne se lassait pas de la satisfaction qu'il trouvait dans la simplicité et la rigueur de cette issue. Précipiter contre le monstre un enfant qu'il adorait et détestait en même temps, c'était s'en remettre à Dieu, au jugement de Dieu pour trancher le nœud dans lequel il étouffait. Sans doute le combat serait-il terriblement inégal, même si on attendait que Jacques eût atteint l'âge d'être armé chevalier. Mais justement cette inégalité obligerait la justice divine à se manifester, fût-ce par un miracle. Et l'orgueil d'Angus s'exaltait à l'idée de ce dilemme devant lequel il allait placer Dieu : laisser Tiphaine commettre un troisième crime, mais cette fois contre son propre fils, ou renverser l'ordre naturel en faisant triompher l'enfant sur le géant.

Son âge et sa santé ne lui laissaient pas l'espoir d'assister à l'épreuve. Il pensait du moins vivre assez longtemps pour que Jacques fût en âge d'apprendre le terrible secret de sa naissance et l'exploit que l'honneur exigeait de lui. Il n'en fut rien. Jacques n'avait pas dépassé sept ans quand Angus sentit ses forces décroître mortellement. Ayant réglé toutes ses affaires, il exigea qu'on le laissât seul avec son unique héritier. Et là, sans l'accabler d'explications, il lui fit jurer sur un crucifix de défier et de tuer en combat singulier le seigneur Tiphaine, leur voisin, dès qu'il serait adoubé chevalier. Cette pensée ne devrait jamais quitter son cœur, mais jamais sa bouche ne devrait avant l'heure la trahir d'un seul mot. Élevé dans une atmosphère de mystère et d'héroïsme, l'enfant prêta serment sans manifester de surprise.

Lord Angus mourut, et, selon sa volonté, Bertram assura la tutelle de Jacques et le gouvernement du comté. Bertram continua donc d'être pour l'enfant un père et un ami. Pourtant jamais Jacques ne se laissa aller à la moindre confidence ; il portait seul son lourd secret. Parfois au milieu d'un jeu ou d'une danse qu'il partageait gaîment avec des jeunes gens et des jeunes filles de sa condition, il devenait sérieux, se taisait, semblait absent. Si on l'interrogeait : « Qu'avez-vous, mon seigneur ? Quelle sombre pensée vous absorbe tout à coup ? », il secouait la tête, riait et se replongeait dans le tumulte. Mais ceux qui le connaissaient s'inquiétaient, car ils le savaient d'un naturel insouciant et léger, et seul un noir pressentiment pouvait ainsi parfois endeuiller sa belle humeur.

Il mettait toute son ardeur cependant à se fortifier dans le métier des armes, et c'était surtout au combat singulier, d'homme à homme, qu'il désirait visiblement se préparer. Il montrait tant d'acharnement en ces rencontres que ses compagnons – qui n'y voyaient d'abord qu'un jeu – se récusaient bientôt, craignant de recevoir ou de devoir donner quelque mauvais coup. Les remontrances de Bertram n'y faisaient rien. Relevant la visière de son heaume, Jacques découvrait un visage bouleversé et semblait décidé à modérer sa fougue, mais sitôt que la visière retombait, on eût dit qu'un autre homme était là, d'une brutalité homicide. Et Bertram ne pouvait se défendre d'une sombre prémonition.

Vint le jour attendu entre tous par les jeunes écuyers, celui où il allait être adoubé. Conformément à la coutume, Jacques ne devait pas être seul à recevoir son épée de chevalier. Deux autres adolescents allaient être armés avec lui, et c'était David, prince de Stirling, et Argyll, duc d'Inveraray. La cérémonie et la fête qui suivrait n'en seraient que plus belles pour associer trois maisons voisines et amies.

La veille de cette journée solennelle, les trois jeunes gens s'étaient confessés après le coucher du soleil, puis ils avaient passé la nuit en prières et en méditations dans la chapelle du château. Les trois épées et les six éperons d'or étaient disposés sur l'autel. Le matin, ils avaient communié sous les deux Espèces, puis étaient allés prendre quelque repos. A midi, ils accueillaient en grand arroi le comte d'Aberdeen et l'évêque de la cathédrale Saint-Machar, venus spécialement pour présider l'adoubement. Un clair soleil faisait briller les armes, les uniformes et les toilettes de la foule des

parents et amis réunis dans la cour d'honneur du château. L'évêque bénit les épées et les éperons. Puis chacun des jeunes écuyers vint se placer à tour de rôle en face d'Aberdeen, lequel, aidé de deux valets d'armes, les ceignit du baudrier, les chaussa des éperons, puis leur donna la colée sur la nuque. Il récita ensuite une courte prière où il suppliait Dieu, qui a autorisé l'emploi du glaive pour réprimer la malice des méchants, d'aider les nouveaux chevaliers à n'en jamais user injustement. Enfin il se tourna vers David pour lui recommander de ne jamais combattre dans un esprit vindicatif. A Argyll, il imposa plus particulièrement d'agir toujours sans calcul et avec générosité. Et il rappela à Jacques qu'un chevalier doit se sentir absolument tenu par un serment, et faire toujours honneur à la parole donnée.

Le hasard étant une invention de mécréant, on ne pouvait attribuer cette exhortation qu'à la Providence, car il n'était pas croyable qu'Aberdeen eût connu les origines de Jacques et son secret. Ce secret devait être dévoilé dans les huit jours qui suivirent, et Bertram fut le premier à en avoir connaissance. Jacques le fit venir et lui lut à haute voix – une voix ferme et impérieuse malgré les notes argentines qu'y mêlait encore l'adolescence – un bref libelle qu'il venait de rédiger :

« Seigneur Tiphaine, ayant été armé chevalier, je suis enfin autorisé à tenir un serment que j'ai fait enfant à mon grand-père, lord Angus, comme il se mourait. J'ai juré de vous tuer. Je vous provoque donc en combat singulier, en un lieu et selon les modalités que vous fixerez en accord avec le porteur de ce message. Le plus tôt sera le mieux.

Signé : Jacques d'Angus, comte de Strathaël. »

Bertram était atterré. C'était donc cela ! C'était cela le terrible secret de Jacques qui avait plané sur toute son enfance, comme un vautour, et qui à cette heure s'abattait sur lui ! Car il n'avait aucune chance, rigoureusement aucune de vaincre Tiphaine en combat singulier. Tiphaine était un géant. Sa force, son adresse et sa férocité faisaient trembler l'Occident. Angus avec ses seize ans, ses boucles blondes, ses bras de fille et sa voix à peine muée allait au-devant d'une mort certaine. Sa témérité juvénile défiait la montagne, l'orage, le volcan. Bertram ne put retenir ses larmes.

– Pourquoi pleures-tu ? lui demanda Jacques.

– Il faudrait un miracle, répondit Bertram.

– Il y aura un miracle ! affirma Jacques.

Car telle est la foi d'un chevalier chrétien qui vit de plain-pied avec Dieu, la Vierge, Jésus et tous les saints.

*

Tiphaine tourne dans sa tour de granit comme un fauve dans sa cage. Les années passant, tout ce qui donnait un goût âcre et piquant à sa vie lui paraît fade et gris. Égorger un cerf aux abois, forcer une fille surprise aux champs, pendre un manant coupable de braconnage, dépouiller un riche voyageur, saccager la demeure d'un voisin chicanier, brûler un clerc soupçonné de sorcellerie, plus rien vraiment ne l'amuse. Même les expéditions lointaines lui paraissent fastidieuses. Ni la mer déchaînée, ni les sables brûlants du désert, ni les glaces du Grand Nord ne peuvent contenir le dégoût qui le submerge. Lui qui a enterré depuis si longtemps sa dernière épouse, et dont les jours et les nuits ont été remplis par les rires et les vociférations de compagnons de sac et de corde, voici qu'il découvre soudain la solitude. Personne. Il n'a plus personne avec lui. Il ne lui reste que Lucain, son nain bossu, son âme damnée, complice de tous ses crimes et témoin de tous ses triomphes.

Pour l'heure, Lucain se tient devant lui, un manuscrit lourdement cacheté à la main.

– Qu'y a-t-il encore ? gronde Tiphaine.

– C'est votre voisin qui vous écrit, seigneur Tiphaine.

– Que me veut-il ?

– Vous tuer. En combat singulier.

— Enfin ! s'écrie Tiphaine. Quelqu'un qui me veut du bien ! Je crevais d'inaction. Je me demandais s'il faudrait aller en Chine ou en Arabie pour en découdre. Et voilà qu'on me propose un divertissement de choix à ma porte même. On n'est pas plus serviable. Et comment s'appelle-t-il, ce voisin si empressé à me divertir ?

— C'est Angus, comte de Strathaël.

— Jacques !

— Jacques, confirme Lucain en scrutant le visage labouré de rides et de balafres de ce maître qu'il connaît si bien.

— Jacques, répète Tiphaine hébété. C'est la vengeance de ce diable de vieil Angus. Voilà des années que je me demandais ce qu'il allait bien pouvoir inventer. Je l'entends d'ici ricaner dans sa tombe.

Lucain attend en retenant son souffle. Car depuis

dix ans sur les ordres de Tiphaine, il fait espionner les faits et gestes de Jacques. C'est son fils, son unique enfant, son seul héritier.

– Et il veut me tuer, gronde Tiphaine. Après tout, c'est dans l'ordre. Bon sang ne saurait mentir. Moi aussi j'aurais bien volontiers tué mon père. Seulement voilà, on ne tue pas comme cela un Tiphaine. Nous sommes tout sauf des agneaux bêlants. Et moi, je n'ai pas la moindre envie de mourir.

– Il a seize ans. Il en porte quatorze, précise Lucain. Vous n'en ferez qu'une bouchée !

– Qu'une bouchée ? Mais qui te dit que je veux sa perte ? hurle Tiphaine. Non, non, non. Il exige un combat. Il l'aura. Mais il apprendra qu'on ne se frotte pas impunément à un Tiphaine. Je vais lui donner une leçon assez cuisante. Devant tout le comté, je lui arracherai son bassinet pour lui tirer les oreilles. Une fessée, une bonne fessée, voilà ce qu'il gagnera, ce bâtard impertinent. D'ailleurs pour mieux le railler, j'irai au combat à tête découverte !

– A tête découverte ?

– Oui, à tête découverte. Il verra comme cela ma crinière de lion et ma barbe de prophète. Il se sentira, ce blanc-bec, cloué par mon regard d'aigle sous mes sourcils broussailleux. Ah, ah, ah !

Et les gens du château, entendant le rire énorme de leur seigneur, se demandaient en tremblant quelle nouvelle farce diabolique il était en train de préparer avec son nain.

Douze sonneurs de cor en dalmatiques rouges avaient annoncé dans les hameaux, les villages et les bourgs que les deux lords entendaient se rencontrer le dimanche à la onzième heure, en un champ clos dressé dans la lande côtière. Aussi l'affluence était-elle extraordinaire, et comme la journée promettait d'être belle, les familles avaient prévu de déjeuner, puis de danser en plein air.

La légèreté de Jacques consternait Bertram. On eût dit que l'imminence du dénouement du drame de sa vie – quel qu'il dût être – le soulageait de tout souci. Il avait invité un essaim de garçons et de filles de son âge, et les jours précédant le combat n'avaient été qu'une suite de jeux et de divertissements. Était-ce ainsi qu'il entendait se préparer à l'épreuve terrible qu'il allait subir ? Bertram, ayant pu à grand-peine l'isoler, lui avait posé la question avec véhémence. Devenu soudain sérieux, Jacques lui avait répondu :

– J'ai remis mon sort entre les mains de Dieu. Pourrait-il abandonner un chevalier qui ne fait que respecter sa parole ?

Par sa foi totale, il rejoignait ainsi, sans le savoir, la vision de son grand-père. Bertram avait baissé la tête. Pourtant il ne put contenir son indignation lorsque le dimanche après avoir entendu la messe et communié, Jacques repoussa les écuyers qui voulaient l'aider à revêtir l'armure et à coiffer le heaume.

– Non, leur dit-il, j'ai ouï dire que le seigneur Tiphaine se propose de combattre à tête découverte pour m'humilier. Je ferai mieux encore. Non seulement j'irai tête nue, mais jambes nues aussi, car je porterai le kilt aux couleurs de mon clan.

Personne ne put le faire revenir sur sa décision.

Bertram finit par se résigner lui aussi. Il lui semblait assister impuissant au déroulement d'un mystère dont l'ordonnance majestueuse se situait au-dessus du bon sens et de la raison. D'ailleurs Jacques, nimbé de lumière, n'obéissait plus, n'entendait plus rien, comme porté par la force irrésistible de son destin.

C'est bien ainsi que la foule le vit quand il entra en lice salué par l'explosion dorée des trompettes. Sur son petit cheval pommelé qui dansait dans un rayon de soleil, l'enfant blond, bleu, et rose, vêtu de soie et de tartan avait l'éclat irréel d'une apparition. Était-ce parce qu'il était promis à la mort ou parce que des anges l'entouraient ? L'un et l'autre peut-être.

Ce fut le sourd grondement d'un escadron de tambours qui annonça l'entrée de Tiphaine à l'autre bout du champ clos. Il était d'une taille vraiment monstrueuse, vêtu de fer, sur un cheval de guerre noir comme la nuit. Mais il avait tenu parole, et, posée sur le gorgerin de son armure, sa tête apparaissait, buisson gris de cheveux et de barbe où brillaient enfoncés deux yeux fauves. Le contraste entre les deux adversaires était saisissant, au point qu'il y eut un murmure de protestation dans la foule. Avait-on jamais vu un combat aussi injustement inégal ? On entendit même des voix qui criaient : « Assez ! Arrêtez ! C'est un crime ! » Puis le silence se fit, car le duc d'Elgin, qui présidait la joute, venait de jeter sa baguette dans la lice pour laisser aller.

Tiphaine continuait d'avancer au pas de sa monture, la lance levée. Jacques avait abaissé la sienne et le chargeait au grand galop. Il y eut un premier choc, mais atténué parce que la pointe de la lance avait glissé sur l'épaulière droite de Tiphaine. Dès ce premier engagement, il apparut que Jacques ne visait pas la tête sans protection de son adversaire, acte de téméraire courtoisie qui le privait de sa seule chance de vaincre. Les deux cavaliers firent demi-tour, mais cette fois Tiphaine mit son destrier au petit galop et abaissa sa lance. Il l'abaissa même au point qu'il sembla soudain viser le cheval de Jacques. La foule murmura. Selon les règles du combat chevaleresque, c'est une félonie de blesser volontairement le cheval de l'adversaire. Le galop du cheval noir se précipita. Jacques arrivait à bride abattue. Il y eut un choc sourd. Le cheval pommelé chancela, mais on vit aussitôt sa selle projetée en l'air, et Jacques rouler dans la poussière. Chacun comprit que Tiphaine avait frappé le pommeau de la selle avec une force telle que la sangle avait cédé. La coutume aurait voulu que Tiphaine mît pied à terre et que le combat se poursuivît à l'épée. Il n'en fit rien. Il attendait immobile que des écuyers ayant maîtrisé le cheval de Jacques lui missent une nouvelle selle. Quant à Jacques, personne n'avait le droit de lui venir en aide aussi longtemps que la joute n'était pas close par le juge. Il s'était prestement relevé et s'élança vers sa monture. Cependant chacun put voir que le sang coulait de son bras gauche sur sa main, blessure sans doute plus gênante que grave. Tiphaine se préparait à recevoir un nouvel assaut, et en effet, Jacques se ruait sur lui la lance en avant. Mais sa lance glissa sur celle de Tiphaine, et Jacques emporté par son élan se trouva bientôt arrêté par la barrière de la lice. Il fit aussitôt demi-tour. Combien de temps allait durer cette lutte inégale ?

Jacques une fois de plus repartait à l'assaut du géant, mais son petit cheval, tout en réflexes et en saccades, n'avait déjà plus le même allant. Tiphaine comptait-il sur l'épuisement du cavalier et de sa monture ? La lance heurta le plastron de Tiphaine avec tant d'impétuosité qu'elle se brisa en plusieurs tronçons. Tiphaine n'avait pas bougé. Jacques se dirigea vers ses valets d'armes qui accouraient avec une autre lance. Mais comme il revenait vers la barrière, il vit Tiphaine s'incliner sur l'encolure de son cheval. Il y eut un murmure de stupeur parmi les spectateurs. En vérité le géant basculait en avant. Il allait toucher du front la crinière de son cheval, quand il glissa sur le côté et s'écroula dans un grand fracas de ferraille. Ses valets se précipitèrent à son aide, cependant que Jacques mettait pied à terre. Il se pencha sur le grand corps étendu comme un gisant. Ce fut pour constater que l'un des morceaux de sa lance – la pointe peut-être – était profondément fiché dans l'orbite droite de Tiphaine.

Il remonta à cheval salué par une immense ovation. L'enthousiasme était à la mesure de l'angoisse qu'on avait éprouvée pour lui. Des chapeaux s'envolaient, des enfants chargés de fleurs sautaient dans la lice à sa rencontre. Il fut presque emporté en triomphe, cependant que six hommes travaillaient à placer Tiphaine sur une civière. Il semblait à Jacques qu'un voile gris qui lui masquait toutes choses venait de se déchirer. Il apercevait enfin les murs des maisons garnis de tapisseries, les fenêtres décorées d'armoiries, les pennons flottant sur des mâts pavoisés, et surtout cette foule, ces hommes et ces femmes en habits de fête qui clamaient leur liesse. Ses amis l'entouraient d'une cour juvénile et fervente. Comme la chance et la victoire vont bien à la jeunesse ! Comme il était beau sur son petit cheval pommelé avec ses genoux écorchés et ce bras couvert de sang ! Il rayonnait en vérité comme une figure de vitrail. Une volée de sonnaille parvint du clocher de l'église voisine. Jacques s'arrêta et, levant la main en souriant, il dit :

– C'est dimanche, il est midi, et j'ai vaincu Tiphaine !

Et chacun comprit qu'en cet instant le jour dominical, l'heure méridienne et son triomphe se rejoignaient en un sommet insurpassable. Désormais il ne pouvait plus que ravaler.

Durant la soirée et tard dans la nuit, le château de Strathaël brilla de tous les feux d'une fête sans égale. Les tables croulaient de venaisons, de fruits et de friandises. Les échansons prodiguaient des vins de France et d'Italie. On avait fait venir des ménestrels, des jongleurs et des acrobates. Il y eut même un montreur de bêtes qui s'attira un franc succès en produisant ensemble un ours et un singe.

Jacques présidait ces réjouissances comme dans un rêve. Il ne sentait pas la fatigue, ou alors elle s'ajoutait pour achever de le griser à la musique, aux liqueurs, au flamboiement des cheminées et aux sourires qui fleurissaient sous son regard.

Minuit approchait quand un valet se pencha vers lui. Un visiteur étranger demandait à être entendu sur-le-champ. D'où venait-il ? Du château du seigneur Tiphaine. Il paraissait porter un message. Un message de Tiphaine ! La surprise était sensationnelle ! Jacques se leva. Le silence se fit. On pria les danseurs de regagner leurs places.

– Qu'il entre ! commanda Jacques.

Il y eut un moment d'angoisse. Sans se l'avouer, on s'attendait à voir s'avancer le chevalier géant en personne, dans son armure, la face ensanglantée par son œil crevé. Ce fut le nain Lucain qui se présenta, et il était si laid que ce fut pire encore. Il n'eut pas un regard pour les convives et se dirigea droit vers Jacques.

– Comte Strathaël, seigneur d'Angus, dit-il, j'ai à vous mander une grande et triste nouvelle : le seigneur Tiphaine a succombé à sa blessure. C'est cependant lui qui m'envoie à vous, car malgré les cruels tourments de ses dernières heures, il m'a dicté à votre intention un message que je dois vous lire.

Il déroula le manuscrit qu'il avait apporté, et de sa voix discordante il entreprit la lecture d'un libelle qui était à la fois une confession, un testament et un défi :

« Jacques de Strathaël, je sens la vie qui m'abandonne par la blessure que tu m'as infligée. C'est bien ainsi. J'avais peur de mourir de décrépitude et de pourriture. C'eût été le pire châtiment d'une vie

remplie de coups de taille et d'estoc. Châtiment mérité sans doute, si j'en crois l'aumônier auquel je viens de me confesser. Le brave homme était tout retourné par le récit de mes faits, hauts faits et méfaits. Et pourtant, sacrebleu, je ne lui en ai dit que le quart du dixième, sinon nous y serions encore, et puis, n'est-ce pas, on a sa vergogne. Pour en finir avec les bondieuseries, sache qu'au moment de m'absoudre de tous ces crimes, avoués ou non, il m'a demandé de prononcer un acte de contrition. C'était bien le moins. Seulement voilà, de tous les actes, celui de contrition est sans doute l'acte que je suis le moins capable d'accomplir. Me repentir, moi ? Morbleu, j'ai eu la vie que j'ai eue. Un point, c'est tout ! Dieu me prendra comme je suis, ou il me rejettera dans les ténèbres extérieures. Je l'ai bien surpris, mon capucin, en lui avouant que de tout le sang que j'ai fait couler à flots depuis un demi-siècle, le seul qui m'ait affligé, c'est celui que j'ai vu sur ton bras quand tu t'es relevé tout à l'heure. Il fallait bien que je te désarçonne, n'est-ce pas, mais comment ne te faire aucun mal, alors que dans ta jactance d'écervelé tu n'avais ni cuirasse, ni haubert, ni cuissards, rien que de la laine et de la soie ? J'ai fait de mon mieux, mais je m'en veux tout de même de ce sang. Car vois-tu, si j'accepte qu'un fils tue son père – c'est dans l'ordre, et je te jure que si l'occasion s'était présentée de tuer le mien, je n'y aurais pas manqué – le petit bout de morale que j'ai ne permet pas à un père de tuer son fils. Car tu es mon fils, Jacques, autant te le révéler sans plus tarder. C'est une histoire très simple et très triste qui n'est à l'honneur de personne. Ton grand-père ne m'aimait pas. Cet homme dévot en avait trop entendu sur mon compte. Pourtant je le ménageais. Depuis des années, il ne pouvait pas invoquer le moindre manquement de ma part dans nos rapports de voisinage. J'avais mon idée. Je lui ai demandé la main de sa fille Colombelle dès qu'elle a eu quinze ans. Il a refusé avec indignation. La différence d'âge, disait-il, mes femmes précédentes dont la disparition nourrissait de méchants bruits, mes équipées souvent peu catholiques, j'en conviens. Nous nous sommes quittés pour ne plus jamais nous revoir. Il avait d'autres vues pour Colombelle, un jeune prince des Orcades qui revenait de la cour de Toulouse, la tête farcie de fariboles J'étais furieux, mais Dieu m'est témoin que je ne méditais rien de précis à l'encontre de mes voisins. Quand un matin de printemps, le

hasard d'une chasse m'a mis nez à nez avec les fiancés. J'ai agi comme ma bile et mon sang me le
commandaient. Ai-je mal agi ? Sans doute. Mais ce
qui est fait est fait, et le résultat, ce fut un bâtard,
toi Jacques, et ma foi ce n'est pas si mal. J'ai dit
bâtard. C'était vrai il y a encore un instant. Ce ne
l'est plus, car, par la présente, je te légitime et fais
de toi l'héritier unique de tous mes titres, biens et
possessions. Je meurs content de savoir mon héritage et mon nom entre tes jeunes mains. Nous ne
nous sommes vus que le temps d'échanger quelques
coups dont le dernier m'a tué. Je te souhaite un peu
plus de bonheur avec ta progéniture. Je ne meurs
pas seulement content, mais aussi absous, car je
n'ai pas fini l'histoire de mon unique et dernière
confession. Mon brave capucin était fort marri de
ne pouvoir me donner l'absolution en l'absence de
toute contrition de ma part. Et moi tout de même,
car il me faisait peine, et puis je voulais en finir. Il
m'a alors expliqué qu'il existait une sorte d'absolution sans acte de contrition, l'absolution *in articulo
mortis.* C'est celle qu'on donne aux agonisants dont
la conscience est déjà à demi obscurcie. Il n'était
donc pour moi que d'entrer en agonie, ce que j'ai
fait incontinent, le temps qu'il marmonne ses pate-
nôtres. Depuis, j'ai recouvré mes esprits, parce que
j'avais à te parler, mais je me sens pour l'heure parvenu au bout de mes forces et je crois bien que mon
agonie – la vraie cette fois – n'est pas loin de
commencer. Le clou que tu as planté dans mon œil,
sais-tu qu'il y est encore ? Aucun chirurgien n'a osé
arracher cette écharde qui plonge jusqu'à mon cerveau. C'est le doigt de Dieu, m'a dit mon confes-
seur, encore lui. Il faut admettre que la Providence
a parfois des manières assez facétieuses. Mais dis-

moi, mon garçon, cette pointe que tu as jetée en l'air de telle sorte qu'elle retombe précisément dans mon orbite, avoue que tu l'avais fait rougir au feu auparavant ? C'est que, vois-tu, elle me brûle toute la tête. Elle lance des gerbes d'étincelles dans tout mon crâne. Ce n'est pas un clou, ni une écharde, ni une pointe, c'est une fusée, c'est un feu grégeois, c'est l'enfer. Jacques Tiphaine, je te... je te... »

Lucain se tut et regarda Jacques tout en roulant soigneusement le manuscrit. Le fils de Tiphaine était pâle comme un cierge. La brume dorée de son ivresse s'était dissipée pour faire place à une lucidité amère et désolée. Il avait dans la bouche le goût âpre des choses réelles. Il baissait les yeux sur la table dévastée, jonchée des reliefs du festin, et il lui semblait que ce désordre de fleurs fanées, de pâtisseries défoncées, de coupes renversées et de serviettes souillées symbolisait sordidement les décombres de sa jeunesse. Une à une les paroles transmises par le nain lui avaient arraché ses chimères. Ainsi donc son père avait violé sa mère. Il n'était lui-même que le bâtard issu de ce crime. Son combat contre Tiphaine avait été un faux combat, et donc sa belle victoire n'était qu'une fausse victoire. Et il avait tué sans gloire son propre père. Mais il avait appris également qu'il était légitimé, et que par voie d'héritage direct il devenait le seigneur le plus puissant des Hautes Terres d'Écosse. Des milliers de paysans, d'artisans, de bourgeois, de soldats attendaient son aide, sa protection, ses ordres. Sa claire adolescence pleine de chansons et de rêveries venait soudain de prendre fin. En peu de minutes, en quelques mots, il était devenu un homme.

Note

Le 22 mai 1985, on célébrait à grand faste le centième anniversaire de la mort de Victor Hugo. M'étant docilement plongé dans ses œuvres, je relus avec une admiration plus vive que jamais *« l'Aigle du casque »*, poème d'environ quatre cents vers qui fait partie de *la Légende des siècles*. C'est le combat de David et de Goliath, mais sans le merveilleux biblique. Cette fois en effet le géant n'est pas terrassé par son chétif adversaire. La logique des forces en présence joue impitoyablement : l'enfant est mis en fuite, rejoint et égorgé par le géant.

Dès les premiers vers, j'avais été cependant mis en alerte par un « blanc » considérable laissé volontairement par l'auteur : pourquoi le vieux roi Angus exige-t-il sur son lit de mort que son petit-fils âgé de six ans jure de tuer le lord voisin, Tiphaine ?

Le fond, nul ne le sait. L'obscur passé défend
Contre le souvenir des hommes l'origine
Des rixes de Ninive et des guerres d'Égine...

Il n'empêche. Cet « obscur passé », le lecteur s'interroge et l'interroge. D'autant plus qu'un second mystère vient épaissir le premier. Le petit Jacques est élevé par son grand-père Angus. Il est orphelin. Que sont devenus ses parents ? Et si, se demande le lecteur, ces deux questions n'en faisaient qu'une. Si ces mystères, au lieu de s'épaissir, s'éclaircissaient ? Il suffirait d'imaginer que Tiphaine doit être tué par Jacques parce qu'il a une responsabilité accablante dans la mort de ses parents.

Cette supposition, nous l'avons faite. Mais ce fut pour constater aussitôt que la suite de l'histoire prenait un cours fort différent de celui rapporté par Victor Hugo, la première victime du changement étant l'aigle du casque lui-même qui s'est envolé non à la fin de l'histoire, mais sans doute avant qu'elle ne commence. Nous supplions les mânes de Victor Hugo de nous pardonner notre liberté et de bien vouloir considérer ce conte comme un humble hommage au plus grand des poètes français.

L'Aigle du casque

O sinistres forêts, vous avez vu ces ombres
Passer, l'une après l'autre, et, parmi vos décombres,
Vos ruines, vos lacs, vos ravins, vos halliers,
Vous avez vu courir ces deux noirs chevaliers ;
Vous avez vu l'immense et farouche aventure ;
Les nuages, qui sont errants dans la nature,
Ont eu cette épouvante énorme au-dessous d'eux ;
La victoire fut sourde et l'exploit fut hideux ;
Et l'herbe et la broussaille et les fleurs et les plantes
Et les branches en sont encor toutes tremblantes ;
L'arbre en parle au rocher, l'antre en parle au
                                        [menhir ;
Le vieux mont Lothian semble se souvenir ;
Et la fauvette en cause avec la tourterelle.
Et maintenant, disons ce que fut la querelle
Entre cet homme fauve et ce tragique enfant.

*

Le fond, nul ne le sait. L'obscur passé défend
Contre le souvenir des hommes l'origine

Des rixes de Ninive et des guerres d'Égine,
Et montre seulement la mort des combattants
Après l'échange amer des rires insultants ;
Ainsi les anciens chefs d'Écosse et de Northumbre
Ne sont guère pour nous que du vent et de l'ombre ;
Ils furent orageux, ils furent ténébreux,
C'est tout ; ces sombres lords se dévoraient entre
[eux ;
L'homme vient volontiers vers l'homme à coups
[d'épée ;
Bruce hait Baliol comme César Pompée ;
Pourquoi ? Nous l'ignorons. Passez, souffles
[du ciel.
Dieu seul connaît la nuit.

             Le comte Strathaël,
Roi d'Angus, pair d'Écosse, est presque centenaire ;
Le gypaète cache un petit dans son aire,
Et ce lord a le fils de son fils près de lui ;
Toute sa race ainsi qu'un blême éclair a lui
Et s'est éteinte ; il est ce qui reste d'un monde ;
Mais Dieu près du front chauve a mis la tête
[blonde,
L'aïeul a l'orphelin. Jacques a six ans. Le lord
Un soir l'appelle, et dit : – Je sens venir la mort.
Dans dix ans, tu seras chevalier. Fils, écoute.
Et, le prenant à part sous une sombre voûte,
Il parla bas longtemps à l'enfant adoré,
Et quand il eut fini l'enfant lui dit : – J'irai.
Et l'aïeul s'écria : – Pourtant il est sévère
En sortant du berceau de monter au calvaire,
Et seize ans est un âge où, certes, on aurait droit
De repousser du pied le seuil du tombeau froid,
D'ignorer la rancune obscure des familles,
Et de s'en aller rire avec les belles filles !

L'aïeul mourut.

*

Le temps fuit. Dix ans ont passé.

*

Tiphaine est dans sa tour que protège un fossé,
Debout, les bras croisés, sur la haute muraille.
Voilà longtemps qu'il n'a tué quelqu'un, il bâille.

Dix ans, cela suffit pour que les chênes verts
Soient d'une obscurité plus épaisse couverts ;
Dix ans, cela suffit pour qu'un enfant grandisse.
En dix ans, certes, Orphée oublierait Eurydice,
Admète son épouse et Thisbé son amant,
Mais pas un chevalier n'oublierait un serment.

C'est le soir ; et Tiphaine est oisif. Les mélèzes
Font au loin un bruit vague au penchant
                              [des falaises.

Ce Tiphaine est le lord sauvage des forêts ;
Pas un loup n'oserait l'approcher de trop près ;
Il s'est fait un royaume avec une montagne ;
On le craint en Écosse, en Northumbre, en
                              [Bretagne ;
On ne l'attaque pas, tant il est toujours seul ;
Être dans le désert, c'est vivre en un linceul.
Il fait peur. Est-il prince ? Est-il né sous le chaume ?
On ne sait ; un bandit qui serait un fantôme,
C'est Tiphaine ; et les vents et les lacs et les bois
Semblent ne prononcer son nom qu'à demi voix ;
Pourtant ce n'est qu'un homme ; il bâille.

100

                              Lord Tiphaine
A mis autour de lui l'effroi comme une chaîne ;
Mais il en sent le poids ; tout s'enfuit devant lui ;
Mais l'orgueil est la forme altière de l'ennui.
N'ayant personne à vaincre, il ne sait plus que faire.
Soudain il voit venir l'écuyer qu'il préfère,
Bernard, un bon archer qui sait lire, et Bernard
Dit : – Milord, préparez la hache et le poignard.
Un seigneur vous écrit. – Quel est ce seigneur ? –
                                        [Sire,
C'est Jacques, lord d'Angus. – Soit. Qu'est-ce qu'il
                                        [désire ?
– Vous tuer. – Réponds-lui que c'est bien.

                              Peu de temps
Suffit pour rapprocher deux hautains combattants
Et pour dire à la mort qu'elle se tienne prête,
L'éclair n'entendrait pas Dieu lui criant : Arrête !
Arriver, c'est la loi du sort.

                              Il s'écoula
Une semaine. Puis, de Lorne à Knapdala,
Douze sonneurs de cor en dalmatiques rouges
Firent savoir à tous, aux manants dans leurs
                                        [bouges,
Au prêtre en son église, au baron dans sa tour,
Que deux lords entendaient se rencontrer tel jour,
Que saint Gildas serait patron de la rencontre,
Et qu'Angus étant pour, Tiphaine serait contre ;
Car l'usage est d'avoir un saint pour les soldats,
En Irlande Patrick, en Écosse Gildas ;
C'est pour ou contre un saint que tout combat
                                        [se livre ;
Avec la liberté de fuir et de poursuivre,

                                        101

D'être ferme ou tremblant, magnanime ou couard,
Cruel comme Beauclerc, ou bon comme Édouard.

*

L'endroit pour le champ-clos fut choisi très
                                        [farouche.
Le dur hiver, qui change en pierre l'eau qu'il
                                        [touche,
Ne laissait pousser là sous la pluie et le vent
Que des sapins cassés l'un par l'autre souvent,
Les arbres n'étant pas plus calmes que les hommes ;
Tout sur terre est en proie, ainsi que nous le
                                        [sommes,
Au souffle, à la tempête, au funeste aquilon.
Une corde est nouée aux sapins d'un vallon ;
Elle marque une enceinte, une clairière ouverte
Sur des champs où la Tweed coule dans l'herbe
                                        [verte,
Lente et molle rivière aux roseaux murmurants.
Un pêle-mêle obscur d'arbres et de torrents,
D'ombre et d'écroulement, de vie et de ravage,
Entoure affreusement la clairière sauvage.
On en sort du côté de la plaine. Et de là
Viennent les paysans que le cor appela.
La lice est pavoisée, et sur les banderoles
On lit de fiers conseils et de graves paroles :
« – Brave qui n'est pas bon n'est brave qu'à demi. »
« – Soyez hospitalier, même à votre ennemi ; »
« Le chêne au bûcheron ne refuse pas l'ombre. »

Les pauvres gens des bois accourent en grand
                                        [nombre ;
Plusieurs sont encor peints comme étaient leurs
                                        [aïeux,

Des cercles d'un bleu sombre agrandissent leurs
                                                 [yeux,
Sur leur tête attentive, étonnée et muette,
Les uns ont le héron, les autres la chouette,
Et l'on peut distinguer aux plumes du bonnet
Les Scots d'Abernethy des Pictes de Menheit ;
Ils ont l'habit de cuir des antiques provinces ;
Ils viennent contempler le combat de deux princes,
Mais restent à distance et contemplent de loin,
Car ils ont peur ; le peuple est un pâle témoin.

Si l'on ne voyait pas au ciel le tatouage
De l'azur, du rayon, de l'ombre et du nuage,
On n'apercevrait rien qu'un paysage noir ;
L'œil dans un clair-obscur inquiétant à voir
S'enfonce, et la bruyère est morne, et dans la brume
On devine, au-delà des mers, l'Hékla qui fume
Ainsi qu'un soupirail d'enfer à l'horizon.

Le juge du camp, fils d'une altière maison,
Lord Kaine, est assisté de deux crieurs d'épée ;
L'estrade est de peaux d'ours et de rennes drapée ;
Et quatre exorciseurs redoutés du sabbat
Font la police, ainsi qu'il sied dans un combat.
Un prêtre dit la messe, et l'on chante une prose.

                        *

Fanfares. C'est Angus.

                        Un cheval d'un blanc rose
Porte un garçon doré, vermeil, sonnant du cor,
Qui semble presque femme et qu'on sent vierge
                                                 [encor ;
Doux être confiant comme une fleur précoce.

Il a la jambe nue à la mode d'Écosse ;
Plus habillé de soie et de lin que d'acier,
Il vient, gaîment suivi d'un bouffon grimacier ;
Il regarde, il écoute, il rayonne, il ignore ;
Et l'on croit voir l'entrée aimable de l'aurore.
On sent que, dans le monde étrange où nous
                                            [passons,
Ce nouveau venu plein de joie et de chansons,
Tel que l'oiseau qui sort de l'œuf et se délivre,
A le mystérieux contentement de vivre ;
Pas d'être éblouissant qui ne soit ébloui,
Il rit. Ses témoins sont du même âge que lui ;
Tous chantent, légers, fiers, laissant flotter les
                                            [brides ;
C'est Mar, Argyle, Athol, Rothsay, roi des
                                            [Hébrides,
David, roi de Stirling, Jean, comte de Glascow ;
Ils ont des colliers d'or ou de roses au cou ;
Ainsi se presse, au fond des halliers, sous les aulnes,
Derrière un petit dieu l'essaim des jeunes faunes.
Hurrah ! Cueillir des fleurs ou bien donner leur
                                            [sang,
Que leur importe ? Autour du comte adolescent,
Page et roi, dont Hébé serait la sœur jumelle,
Un vacarme charmant de panaches se mêle.
O jeunes gens, déjà risqués, à peine éclos !
Son cortège le suit jusqu'au seuil du champ clos.
Puis on le quitte. Il faut qu'il soit seul ; et personne
Ne peut plus l'assister dès que le clairon sonne ;
Quoi qu'il advienne, il est en proie au dur destin.
On lit sur son écu, pur comme le matin,
La devise des rois d'Angus : *Christ et Lumière*.
La jeunesse toujours arrive la première ;
Il approche, joyeux, fragile, triomphant,
Plume au front ; et le peuple applaudit cet enfant.

Et le vent profond souffle à travers les campagnes.

Tout à coup on entend la trompe des montagnes,
Chant des bois plus obscur que le glas du beffroi ;
Et brusquement on sent de l'ombre autour de soi ;
Bien qu'on soit sous le ciel, on se croit dans
                                      [un antre.
Un homme vient du fond de la forêt. Il entre.
C'est Tiphaine.

               C'est lui.

                     Hautain, dans le champ-clos,
Refoulant les témoins comme une hydre les flots,
Il pénètre. Il est droit sous l'armure saxonne.
Son cheval, qui connaît ce cavalier, frissonne.
Ce cheval noir et blanc marche sans se courber ;
Il semble que le ciel sombre ait laissé tomber
Des nuages mêlés de lueurs sur sa croupe.
Tiphaine est seul ; aucune escorte, aucune troupe ;
Il tient sa lance ; il a la chemise de fer,
La hache comme Oreste, et, comme Gaïffer,
Le poignard ; sa visière est basse ; elle le masque ;
Grave, il avance, avec un aigle sur son casque.
Un mot sur sa rondache est écrit : *Bellua*.

Quand il vint, tout trembla, mais nul ne salua.

                      *

Les motifs du combat étaient sérieux, certes ;
Mais ni le pâtre dans les landes désertes,
Ni l'ermite adorant dans sa grotte Jésus,
Personne sous le ciel ne les a jamais sus ;
Et le juge du camp les ignorait lui-même.

Les deux lords, comme il sied à ce moment
                              [suprême,
Se parlèrent de loin.
                    – Bonjour, roi. – Bonjour, roi.
– Je viens te demander raison. Tu sais pourquoi ?
– Que t'importe ?

                    Et tous deux mirent la lance haute.
Le juge du camp dit : – Chacun de vous est l'hôte
Du sépulcre, et ne peut en sortir maintenant
Que si Dieu le permet au fond du ciel tonnant.
Puis il reprit, selon la coutume écossaise :
– Milord, quel âge as-tu ? – Quarante ans. – Et toi ?
                              [– Seize.
– C'est trop jeune, cria la foule. – Combattez,
Dit le juge. Et l'on fit le champ des deux côtés.

Être de même taille et de même équipage,
Combattre homme contre homme ou page contre
                              [page,
S'adosser à la tombe en face d'un égal,
Être Ajax contre Mars, Fergus contre Fingal,
C'est bien, et cela plaît à la romance épique ;
Mais là le brin de paille, et là la lourde pique,
Ici le vaste Hercule, ici le doux Hylas,
Polyphème devant Acis, c'est triste, hélas !
Le péril de l'enfant fait songer à la mère ;
Tous les Astyanax attendrissent Homère,
Et la lyre héroïque hésite à publier
Le combat du chevreuil contre le sanglier.

L'huissier fit le signal. Allez !

                    *

106

                              Tous deux partirent.
Ainsi deux éclairs vont l'un vers l'autre et
                                        [s'attirent.

L'enfant aborda l'homme et fit bien son devoir ;
Mais l'homme n'eut pas l'air de s'en apercevoir.
Tiphaine s'arrêta, muet, le laissant faire ;
Ainsi, prête à crouler, l'avalanche diffère ;
Ainsi l'enclume semble insensible au marteau ;
Il était là, le poing fermé comme un étau,
Démon par le regard et sphinx par le silence ;
Et l'enfant en était à sa troisième lance
Que Tiphaine n'avait pas encor riposté ;
Sur cet homme de fer et de fatalité
Qui paraissait rêver au centre d'une étoile,
Pas plus ému d'un choc que d'un souffle une toile,
L'enfant frappait, piquait, taillait, recommençait,
Tantôt sur le cimier, tantôt sur le corset ;
Et l'on eût dit la mouche attaquant l'araignée.
Sa face de sueur était toute baignée.
Tiphaine, tel qu'un roc, immobile et debout,
Méditait, et l'enfant s'essoufflait. Tout à coup
Tiphaine dit : Allons ! Il leva sa visière,
Fit un rugissement de bête carnassière,
Et sur le jeune comte Angus il s'abattit
D'un tel air infernal, que le pauvre petit
Tourna bride, jeta sa lance et prit la fuite.

Alors commença l'âpre et sauvage poursuite,
Et vous ne lirez plus ceci qu'en frémissant.

                         *

Tremblant, piquant des deux, du côté qui descend,
Devant lui, n'importe où, dans la profondeur fauve,
Les bras au ciel, l'enfant épouvanté se sauve.
Son cheval l'aime et fait de son mieux. La forêt
L'accepte et l'enveloppe, et l'enfant disparaît.
Tous se sont écartés pour lui livrer passage.
En le risquant ainsi son aïeul fut-il sage ?
Nul ne le sait ; le sort est de mystères plein ;
Mais la panique existe, et le triste orphelin
Ne peut plus que s'enfuir devant la destinée.
Ah ! pauvre douce tête au gouffre abandonnée !
Il s'échappe, il s'esquive, il s'enfonce à travers
Les hasards de la fuite obscurément ouverts,
Hagard, à perdre haleine, et sans choisir sa route ;
Une clairière s'offre, il s'arrête, il écoute,
Le voilà seul ; peut-être un dieu l'a-t-il conduit ?
Tout à coup il entend dans les branches du bruit... –

Ainsi dans le sommeil notre âme d'effroi pleine
Parfois s'évade et sent derrière elle l'haleine
De quelque noir cheval de l'ombre et de la nuit ;
On s'aperçoit qu'au fond du rêve on vous poursuit.
Angus tourne la tête, il regarde en arrière ;
Tiphaine monstrueux bondit dans la clairière.
O terreur ! et l'enfant, blême, égaré, sans voix,
Court et voudrait se fondre avec l'ombre des bois.
L'un fuit, l'autre poursuit. Acharnement lugubre !
Rien, ni le roc debout, ni l'étang insalubre,
Ni le houx épineux, ni le torrent profond,
Rien n'arrête leur course ; ils vont, ils vont, ils
                                                    [vont !
Ainsi le tourbillon suit la feuille arrachée.
D'abord dans un ravin, tortueuse tranchée,
Ils serpentent, parfois se touchant presque ; puis,
N'ayant plus que la fuite et l'effroi pour appuis,

Rapide, agile et fils d'une race écuyère,
L'enfant glisse, et sautant par-dessus la bruyère,
Se perd dans le hallier comme dans une mer.
Ainsi courrait avril poursuivi par l'hiver.
Comme deux ouragans l'un après l'autre ils passent.
Les pierres sous leurs pas roulent, les branches
[cassent.
L'écureuil effrayé sort des buissons tordus.
Oh ! comment mettre ici dans des vers éperdus
Les bonds prodigieux de cette chasse affreuse,
Le coteau qui surgit, le vallon qui se creuse,
Les précipices, l'antre obscur, l'escarpement,
Les deux sombres chevaux, le vainqueur écumant,
L'enfant pâle, et l'horreur des forêts formidables ?
Il n'est pas pour l'effroi de lieux inabordables,
Et rien n'a jamais fait reculer la fureur ;
Comme le cerf, le tigre est un ardent coureur ;
Ils vont !

On n'entend plus, même au loin, les haleines
Du peuple bourdonnant qui s'en retourne aux
[plaines.
Le vaincu, le vainqueur courent tragiquement.

*

Le bois, calme et désert sous le bleu firmament,
Remuait mollement ses branchages superbes ;
Les nids chantaient, les eaux murmuraient dans
[les herbes ;
On voyait tout briller, tout aimer, tout fleurir.
Grâce ! criait l'enfant, je ne veux pas mourir !

Mais son cheval se lasse et Tiphaine s'approche.

Tout à coup, d'un réduit creusé dans une roche,
Un vieillard au front blanc sort, et, levant les bras,
Dit : De tes actions un jour tu répondras ;
Qui que tu sois, prends garde à la haine ;
                                        [elle enivre ;
Celui qui va mourir pour celui qui doit vivre
T'implore. O chevalier, épargne cet enfant !

Tiphaine furieux d'un coup de hache fend
L'âpre rocher qui sert à ce vieillard d'asile,
Et dit : Tu vas le faire échapper, imbécile !
Et, sinistre, il remet son cheval au galop.

Quelle que soit la course et la hâte du flot,
Le vent lointain finit toujours par le rejoindre ;
Angus entend venir Tiphaine et le voit poindre
Parmi des profondeurs d'arbres, à l'horizon.

Un couvent d'où s'élève une vague oraison
Apparaît ; on entend une cloche qui tinte ;
Et des rayons du soir la haute église atteinte
S'ouvre, et l'on voit sortir du portail à pas lents
Une procession d'ombres en voiles blancs :
Ce sont des sœurs ayant à leur tête l'abbesse,
Et leur chant grave monte au ciel où le jour baisse ;
Elles ont vu s'enfuir l'enfant désespéré ;
Alors leur voix profonde a dit miserere ;
L'abbesse les amène ; elle dresse sa crosse
Entre l'adolescent frêle et l'homme féroce ;
On porte devant elle un grand crucifix noir ;
Toutes ces vierges, sœurs qu'enchaîne un saint
                                        [devoir,
Pleurent sur le vainqueur comme sur la victime,
Et viennent opposer au passage d'un crime

Le Christ immense ouvrant ses bras au genre
                                          [humain.
Tiphaine arrive sombre et la hache à la main,
Et crie à ce troupeau murmurant grâce ! grâce !
– Colombes, ôtez-vous de là ; le vautour passe !

La nuit vient, et toujours, tremblant, pleurant,
                                          [fuyant,
L'enfant effaré court devant l'homme effrayant.
C'est l'heure où l'horizon semble un rêve, et recule.
Clair de lune, halliers, bruyères, crépuscule.
La poursuite s'acharne, et, plus qu'auparavant
Forcenée, à travers les arbres et le vent,
Fait peur à l'ombre même, et donne le vertige
Aux sapins sur les monts, aux roses sur leur tige.
L'enfant sans armes, l'homme avec son couperet,
Courent dans la noirceur des bois, et l'on dirait
Que dans la forêt spectre ils deviennent fantômes.

Une femme, d'un groupe obscur de toits de
                                          [chaumes,
Sort, et ne peut parler, les larmes l'étouffant ;
C'est une mère, elle a dans les bras son enfant,
Et c'est une nourrice, elle a le sein nu. – Grâce !
Dit-elle, en bégayant ; et dans le vaste espace
Angus s'enfuit. – Jamais ! dit Tiphaine inhumain.
Mais la femme à genoux lui barre le chemin.
– Arrête ! sois clément, afin que Dieu t'exauce !
Grâce ! Au nom du berceau, n'ouvre pas une fosse !
Sois vainqueur, c'est assez ; ne sois pas assassin.
Fais grâce. Cet enfant que j'ai là sur mon sein
T'implore pour l'enfant que cherche ton épée.
Entends-moi ; laisse fuir cette proie échappée.
Ah ! tu ne tueras point, et tu m'écouteras,
Chevalier, puisque j'ai l'aurore dans mes bras.

Songe à ta mère. Eh bien, je suis mère comme elle.
Homme, respecte en moi la femme. – A bas,
[femelle !
Dit Tiphaine, et du pied il frappe ce sein nu.
Ce fut dans on ne sait quel ravin inconnu
Que Tiphaine atteignit le pauvre enfant farouche ;
L'enfant pris n'eut pas même un râle dans la
[bouche ;
Il tomba de cheval, et, morne, épuisé, las,
Il dressa ses deux mains suppliantes ; hélas !
Sa mère morte était dans le fond de la tombe,
Et regardait.

        Tiphaine accourt, s'élance, tombe
Sur l'enfant, comme un loup dans les cirques
[romains,
Et d'un revers de hache il abat ces deux mains
Qui dans l'ombre élevaient vers les cieux la prière ;
Puis, par ses blonds cheveux dans une fondrière
Il le traîne.

        Et riant de fureur, haletant,
Il tua l'orphelin, et dit : Je suis content !
Ainsi rit dans son antre infâme la tarasque.

*

Alors l'aigle d'airain qu'il avait sur son casque,
Et qui, calme, immobile et sombre, l'observait,
Cria : Cieux étoilés, montagnes que revêt
L'innocente blancheur des neiges vénérables,
O fleuves, ô forêts, cèdres, sapins, érables,
Je vous prends à témoin que cet homme est
[méchant !
Et, cela dit, ainsi qu'un piocheur fouille un champ,
Comme avec sa cognée un pâtre brise un chêne,

Il se mit à frapper à coups de bec Tiphaine ;
Il lui creva les yeux ; il lui broya les dents ;
Il lui pétrit le crâne en ses ongles ardents
Sous l'armet d'où le sang sortait comme d'un crible,
Le jeta mort à terre, et s'envola terrible.

La Légende des siècles
Victor Hugo

Table

Que chacun se taise et écoute : voici l'heure du **conte**

dans la collection FOLIO **JUNIOR**

Histoire d'Aladdin
OU LA LAMPE MERVEILLEUSE
Anonyme
n° 77

Aladdin est opiniâtre et désobéissant. C'est bien pour cela que le magicien africain l'a choisi ! Mais Aladdin déjouera ses plans et gardera pour lui la lampe que convoitait le perfide. Que faire, cependant, d'une vieille lampe à huile ? «Pour peu qu'elle soit nettoyée, lui dit sa mère, je crois qu'elle en vaudra quelque chose davantage.» Mais à peine a-t-elle frotté la lampe qu'un génie gigantesque apparaît...

Histoire de Sindbad LE MARIN
Anonyme
n° 516

Sindbad le Marin est l'un des contes les plus célèbres des Mille et Une Nuits. Le thème de ce recueil est connu : trompé par sa femme, le roi Shahriyâr décide de la faire exécuter. Désormais, il passera chaque nuit en compagnie d'une femme différente, à laquelle il fera trancher la tête le matin venu. Mais Shéhérazade, la fille du grand vizir, décide d'en finir avec ces assassinats. Elle passe la nuit avec le roi et lui raconte une histoire merveilleuse, qu'elle prend soin d'interrompre au moment le plus passionnant... elle lui conte ainsi les sept voyages de Sindbad, au cours desquels il affronte mille dangers et acquiert une grande sagesse...

LA REINE DES NEIGES
Hans Christian **Andersen**
n° 18

*Il arrive souvent que le diable, qui dispose – comme cha-
cun sait – d'immenses pouvoirs, s'amuse à semer la discorde
sur la Terre, par simple plaisir de se réjouir du malheur des
hommes. C'est à la suite d'un tour de cette sorte que la pure
Gerda va parcourir le vaste monde à la recherche du petit
Kay, qui a disparu dans le sillage du traîneau de la Reine des
Neiges un soir d'hiver.*

LA PETITE SIRÈNE
ET AUTRES CONTES
Hans Christian **Andersen**
n° 686

*Pour gagner le cœur du prince à qui elle a sauvé la vie, la
petite sirène accepte le marché de la sorcière des mers : en
échange de sa voix enchanteresse, deux jambes gracieuses
remplaceront sa queue de poisson. Mais pour mériter l'âme
immortelle des humains, il lui faut épouser le prince…*
Huit contes d'Andersen.

LES BOTTES DE SEPT LIEUES
ET AUTRES NOUVELLES
Marcel **Aymé**
n° 462

*La vie quotidienne à Montmartre est paisible et mono-
tone. Blouses grises des professeurs et des employés de com-
merce, lumière pâle de l'ampoule sur la toile cirée de la cuisine… mais grâce à ses bottes de sept lieues, Antoine s'évade
dans l'azur.*
*Trois contes de Marcel Aymé : Les Bottes de sept lieues,
A et B, Le Proverbe.*

LES CONTES BLEUS DU CHAT PERCHÉ
Marcel **Aymé**
n° 433

Dans les Contes du chat perché, Marcel Aymé nous apprend que les hommes et les bêtes ne peuvent se passer les uns des autres. Mais seule l'innocence de l'enfance peut recréer le lien perdu... ce que font, comme en se jouant, Delphine et Marinette.

Huit contes de Marcel Aymé : Le Loup, Le Cerf et le chien, L'Éléphant, Le Canard et la panthère, Le Mauvais jars, L'Ane et le cheval, Le Mouton, Les Cygnes.

LES CONTES ROUGES DU CHAT PERCHÉ
Marcel **Aymé**
n° 434

En cette journée pluvieuse, Delphine et Marinette, les deux espiègles, jouent sagement dans la cuisine de la ferme. Mais attention ! une bêtise est si vite arrivée... Vont-elles être privées de dessert ou envoyées chez la méchante tante Mélina au menton qui pique ? Heureusement, les fillettes ont de bons amis parmi les animaux de la ferme !

ALICE AU PAYS DES MERVEILLES
Lewis **Carroll**
n° 437

Que peut bien faire une petite fille qui s'ennuie ? C'est la question que se pose Alice... quand elle voit soudain un lapin blanc passer en trombe, parlant tout seul et fourrageant dans la poche de son gilet ! Curieuse, elle s'élance à sa poursuite, saute dans son terrier, et tombe, tombe, tombe...

CE QUE VIT ALICE
DE L'AUTRE CÔTÉ DU MIROIR
Lewis **Carroll**
n° 151

Le miroir brille dans le salon. Fascinée par sa transparence, Alice interroge Kitty, sa chatte blanche, qui répond : « rron, rron ». Mais voilà que la glace se brouille… Alice plonge dans le miroir et découvre un pays peuplé de personnages bien étranges.

PINOCCHIO
Carlo **Collodi**
n° 774

Il y avait une fois… un morceau de bois. Ce n'était pas du bois de luxe, mais un morceau pris dans un vulgaire tas de petit bois, de ceux que, l'hiver, on met dans les poêles et les cheminées pour allumer le feu et réchauffer les appartements. Je ne sais comment ça arriva, mais le fait est qu'un beau jour ce morceau de bois se retrouva dans la boutique d'un vieux menuisier…

Le célèbre conte de Collodi, illustré par les photos du film de Steve Barron.

LE VENT DANS LES SAULES
Kenneth **Grahame**
n° 713

Au printemps, la rivière et les bois s'animent : les animaux sortent de leur terrier et redécouvrent les joies de l'amitié et de la vie en plein air. L'hiver revenu, Rat, Taupe et Blaireau goûtent à la douceur des longues soirées passées devant un feu de cheminée.

LES ROIS MAGES
Michel **Tournier**
n° 280

Gaspard de Méroé, le roi noir amoureux d'une esclave blonde ; Balthazar de Nipour, grand amateur d'art ; le prince Melchior, héritier de la Palmyrène mais dépossédé de son trône ; et Taor de Mangalore, prince du sucre, prisonnier dans les mines de sel de Sodome, sont les quatre rois mages. Michel Tournier nous apprend pourquoi ils ont quitté leurs royaumes et ce qu'ils ont appris à Bethléem.

ISBN : 978-2-07-064045-4
Loi n°49-956 du 16 juillet 1949
sur les publications destinées à la jeunesse
Dépôt légal : mai 2011
1er dépôt légal dans la même collection : septembre 1989
N° d'édition : 182977 – N° d'impression : 105098
Imprimé en France par CPI Firmin Didot